KB274458

더도 말고 덜도 말고

쫄깃

1판 1쇄 펴낸날 2012년 11월 5일
1판 2쇄 펴낸날 2012년 11월 20일

글쓴이 | 메가쑈킹, 쫄깃패밀리
펴낸이 | 정종호
펴낸곳 | (주)청어람미디어

편집 | 이현정 윤숙형 정미진 김희정 맹한승 조은미
디자인 | 한혜진 기민주
마케팅 | 김홍석 오대웅
제작·관리 | 정수진
인쇄·제본 | 한영문화사

등록 | 1998년 12월 8일 제22-1469호
주소 | 121-895 서울 마포구 서교동 400-3 아산빌딩
이메일 | chungaram@naver.com
카페 | http://cafe.naver.com/chungaram01
전화 | 02-3143-4006~8
팩스 | 02-3143-4003

• ISBN 978-89-97162-31-4　03810
• 잘못된 책은 구입하신 서점에서 바꾸어 드립니다.
• 값은 뒤표지에 있습니다.

• 이 도서의 국립중앙도서관 출판시도서목록(CIP)은 e-CIP홈페이지(http://www.nl.go.kr/ecip)와
  국가자료공동목록시스템(http://www.nl.go.kr/kolisnet)에서 이용하실 수 있습니다.
  (CIP제어번호 : CIP2012004861)

• 이 책에 사용된 인물사진들은 가능한 한 사용 허가를 받았습니다.
  부득이하게 게재 허락을 받지 못한 사진도 일부 사용되었습니다.
  이 점 양해부탁드리며 관련 문의사항은 청어람미디어 편집부로 해주시기 바랍니다.

더도 말고 덜도 말고

쫄깃

메가쏘킹&
쫄깃패밀리 지음

청어람미디어

지금, 쫄깃하세요?

제주도 바닷가 마을 협재리에 쫄깃쎈타를 지은 지 어느덧 1년이라는 시간이 흘렀다. 정말 순식간에 1년이 지나갔다. 날아가는 화살을 실제로 본 적은 없지만 시간이 쏜살같이 지나간다면 바로 이런 느낌이 아닐까 싶다. 1년 동안 쫄깃쎈타를 운영하면서 말도 많고 탈도 많았지만 다행히 대체로 재미있었던 나날들이 더 많았다.

제주도에서 지금 행복하냐고 묻는다면 솔직히 명쾌하게 '그렇다'라고 답할 수는 없을 것 같다. 왜냐하면 이 섬도 역시나 서로 다른 많은 사람들이 부딪히고 또 안아주며 하루하루를 사는 곳이기 때문이다. 게다가 '행복의 정의'가 뭔지도 잘 모르겠다. 하지만 이것 하나만큼은 장담할 수 있다. 지금은 하루하루 사는 게 재미있고 뿌듯하다. 시원한 나무 그늘 아래서 좌빈둥 우빈둥거려도 조바심이나 후회 같은 건 1g도 느껴지지 않는다. 물론 가끔 힘이 들 때도 있지만 그건 도시에서 느꼈던 피로가 아니다. 결국은 마음이 편해지는 피로다.

과연 내가 몇 살까지 살 수 있을까? 그건 내가 부업으로 저승사자를 하지 않는 이상 알 수 없다. 그렇다면 불확실한 내 인생의 유통기한, 이왕이면 매일매일 매순간순간 재미있게 사는 게 최선이 아닐까?

자기 스스로를 따뜻하게 다독여줄 수 있는 삶, 진심으로 내 주위 모든 사람들이 잘 되기를 바라는 삶, 그것이 바로 의미 있는 삶이라고 생각한다. 아직 운이 좋아서 인생을 더 살 수 있다면, 매순간순간이 기회라는 말도 있지 않은가. 이젠 더 이상 기회를 놓치며 살고 싶진 않다.

난 이 책에 8명의 부족한 사람들이 하나의 부족을 이뤄서 하루하루 신나게 일하고 놀면서 지금의 쫄깃쎈타를 지으며 부족함을 풍족함으로 변화시켜 나갔던 과정들을 재미있고 솔직하게 담아내고 싶었다.

이 책을 마지막 페이지까지 싹싹 긁어서 모두 읽고 나면 아마도 내가 평소에 입버릇처럼 내뱉는 '쫄깃'의 의미가 무엇인지 아주 살짝 감을 잡을 수 있을지도 모른다. 혹시라도 못 잡는다면? 어쩔 수 없지. 그저 재미있게 읽었다면 그것대로 또 좋으니까.

많은 분들이 이 책을 읽고 나를 사랑하는 '나덕후'가 되었으면 좋겠다. 나를 사랑할 수 있어야 결국 남도 사랑할 수 있다고 믿기 때문이다.

쫄깃쎈타는 아직도 미완성이다. 궁극적으로 내가 꿈꾸는 쫄깃쎈타는 지금 눈에 보이는 게스트하우스의 모습이 아니다. 앞으로 어떤 모습이 될지 모르지만 쫄깃쎈타는 눈에 보이는 모습이 아니라 내가 제주도에서 꿈꾸는 재미있는 프로젝트일 수도 있다.

난 쫄깃쎈타가 무엇이든 해도 좋고 아무것도 하지 않아도 좋은 곳이었으면 했다. 와서 무엇을 얻으려고 하는 곳보다는 무엇을 버리려고 오는 곳이었으면 했다. 각양각색의 다른 이들과 옹기종기 어울리면서 결국은 자기 자신을 찾을 수 있는 공간을 만들고 싶었다. 쫄깃쎈타는 앞으로도 언제까지나 현재진행형일 것이다. 난 결말이 나는 게 싫다. 과정을 즐긴다.

도시의 삶에 환멸과 염증을 느껴서 제주도로 온 게 아니냐는 말을 자주 듣는다. 물론 맞는 말이다. 점점 끓어가는 비커 안의 개구리가 되기 싫어 나름 용기 내서 폴짝! 튀어나왔으니 이제 다신 비커 안으로 들어가지 않을 것이다.

지금부터 당신이 읽게 될 이야기들은 뜨거워져 가는 비커에서 튀어나온 개구리들이 신나게 폴짝폴짝 뛰어다녔던 지난 1년간의 기록이다. 개굴개굴!

부디 재미있게 읽어주셨으면 좋겠다.

그럼 어디 한번 쫄깃하게 출발해볼까?

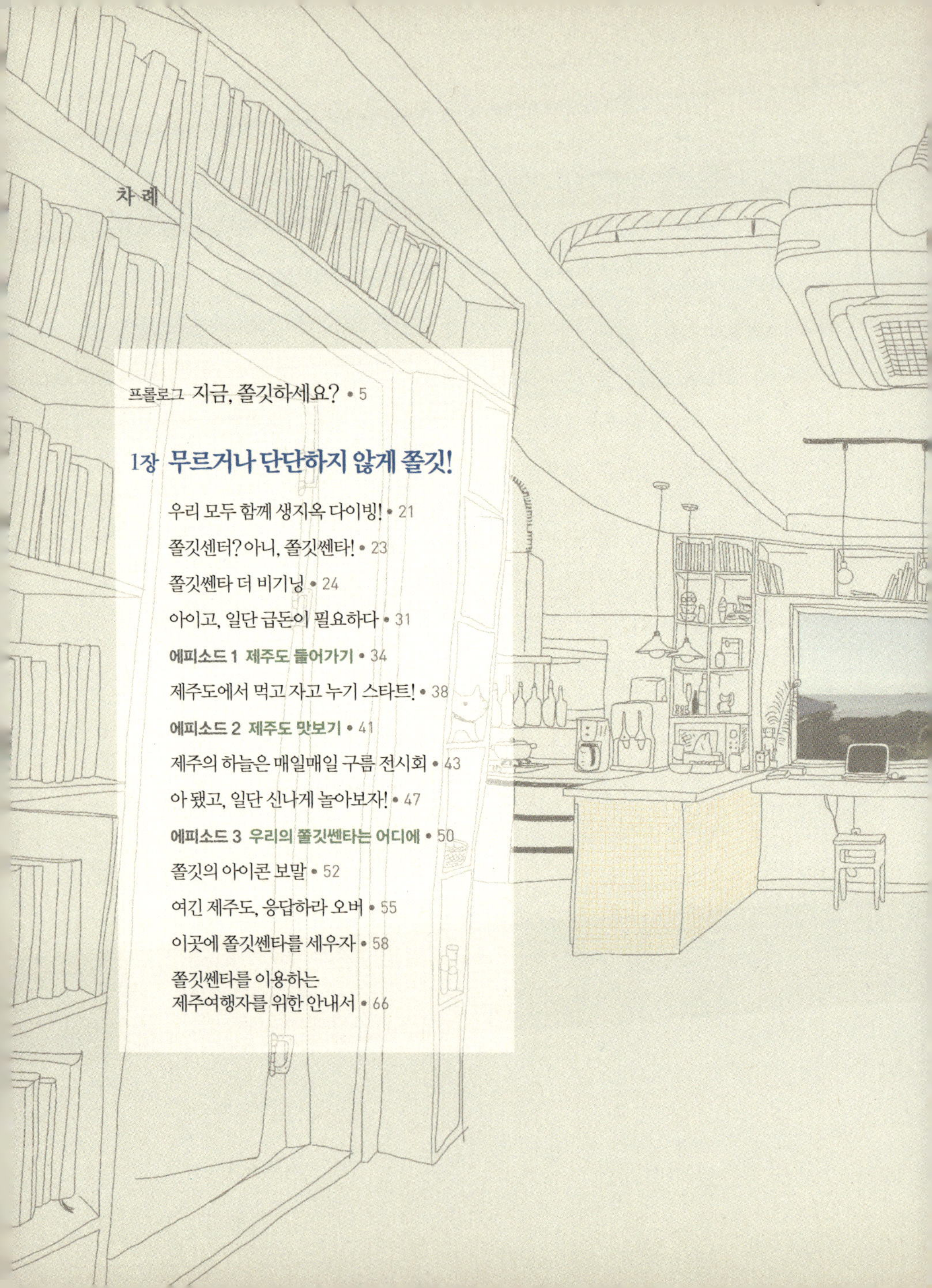

차례

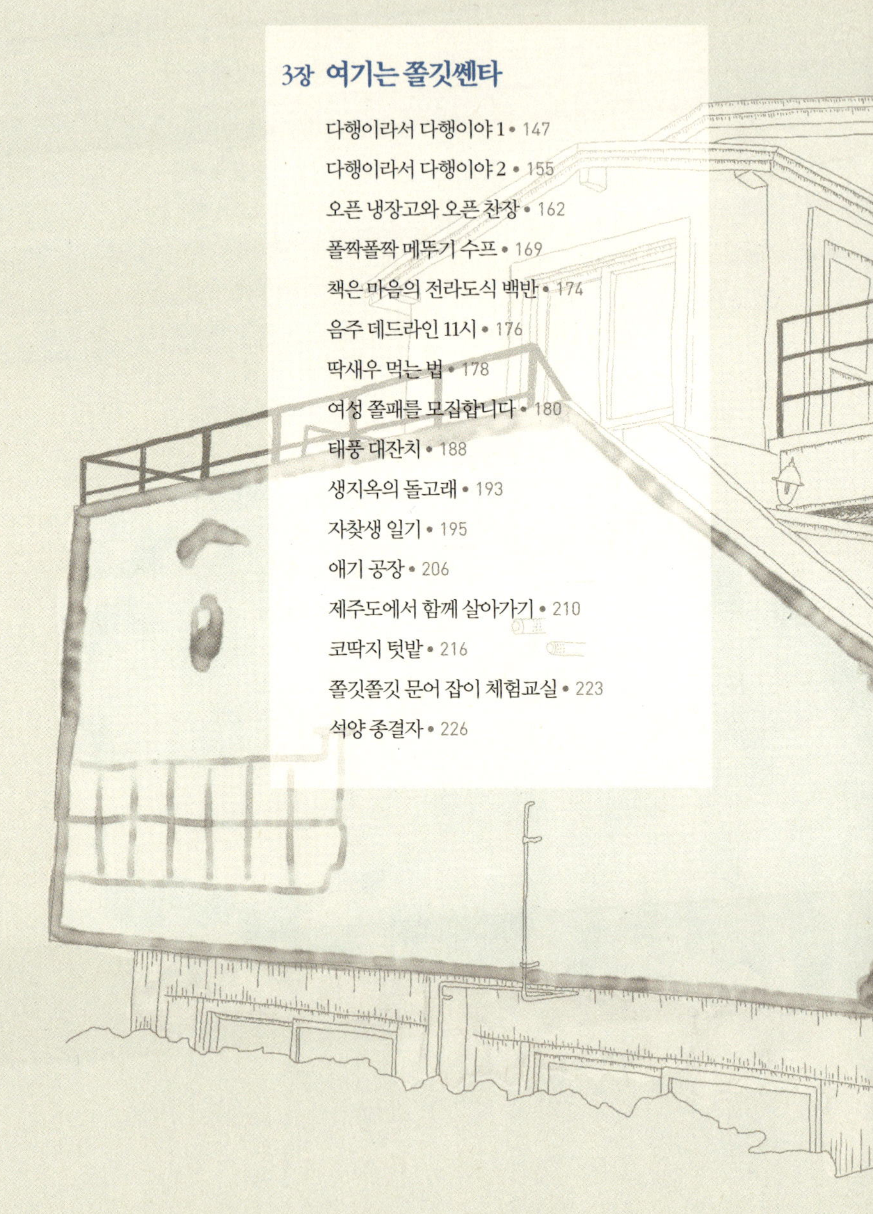

3장 여기는 쫄깃쎈타

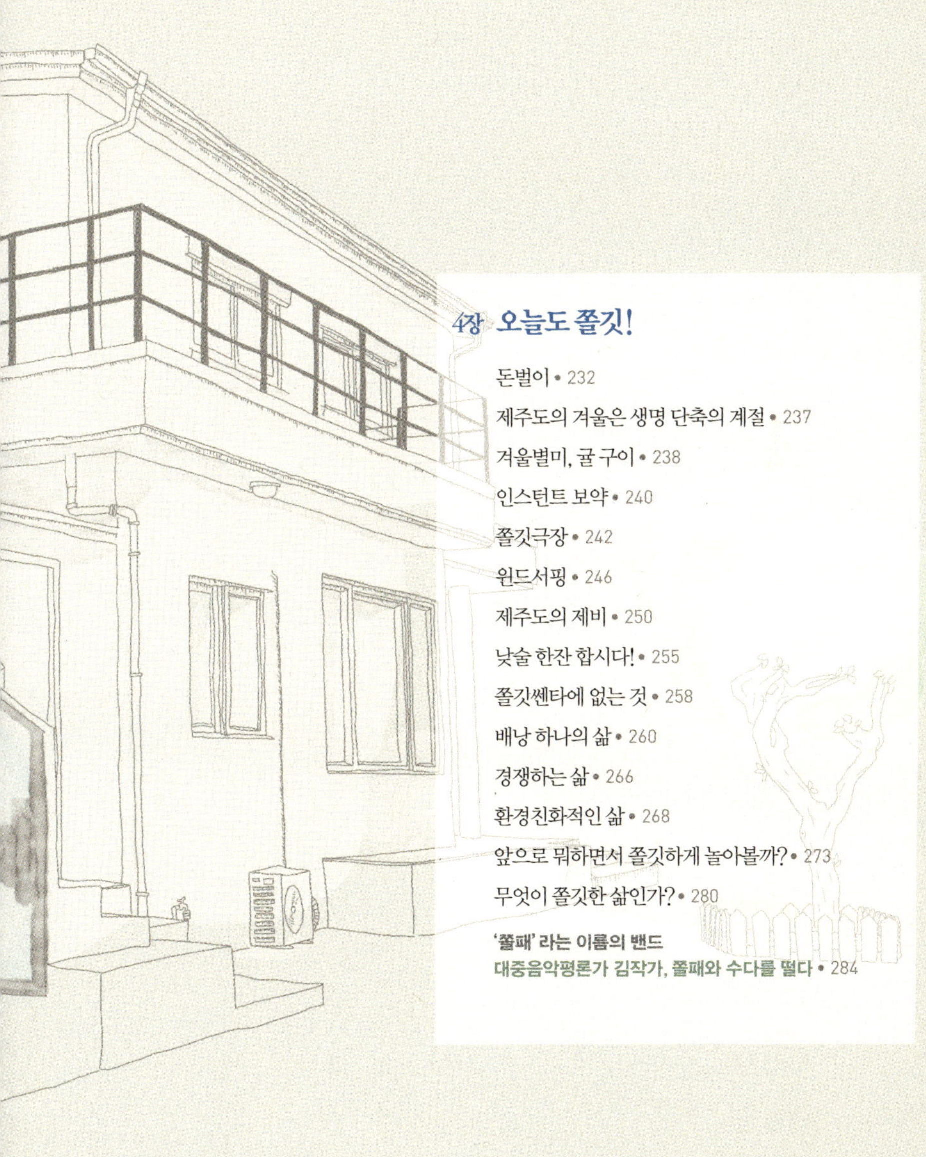

4장 오늘도 쫄깃!

비록 지금 힘들어도
조금만 버티고 견디면

언젠간
행복해지겠지
…

웃기는 소리!

모두 다 낚인 거야!

한 번뿐인 인생,

지금 당장

쫄깃하게!

번지점프를 했다
11.8.12

1장

무르거나
단단하지 않게
쫄깃!

쫄깃쎈타 앞 협재바다는 특유의 에메랄드 빛깔을 자랑한다. 그래서 그 영롱한 빛을 넋 놓고 바라보고 있노라면 머릿속에 있던 잡생각들이 모두 뿅~ 사라져 버릴 것만 같다.

"어머, 이 남자 과연 믿을 수 있을까?"

오만 가지 잡생각에 시달리던 아가씨가, 남자가 건네준 에메랄드 반지에 잡생각이 뿅~ 없어지는 것과 비슷한 원리이려나? 전생에 작명가였는지 이름 붙이기 좋아하는 나는 이 바다에도 이름을 붙이고 말았다.

생.지.옥

특정 종교인이 아니더라도 그 예쁘고 예쁜, 얼짱 미소녀 바다에 왜 그리 흉측한 이름을 붙였냐고 타박하겠지만 생지옥은 약자다.

생각을 지우는 옥빛 바다!

사실 100% 내 아이디어는 아니고 인문학 책을 쓰는 지인이 쫄깃쎈타에 놀러 왔다가 그 바다를 보곤 '생각을 지우는 바다' 라고 이름을 붙여줬는데, 거기에 내가 '옥빛 바다' 를 추가해서 '생지옥' 이라는 이름으로 완성한 것이다.

햇빛 쨍쨍 맑은 날, 해가 가장 중천에 떠 있을 때 생지옥은 그 진가를 발휘한다. 그리고 생지옥은 여름보다는 겨울에 화장빨이 잘 받는다. 아마도 겨울엔 너무 추우니까 플랑크톤이나 해조류가 자라지 못해서 물이 깨끗한 것이 아닐까?

봐도 봐도 질리지 않는 에메랄드빛 바다! 쫄깃쎈타 앞에 이토록 멋진 바다가 있어서 참 행복하다. 한여름엔 생지옥에서 신나는 다이빙도 즐길 수 있다. 물 공포증이 있는 난, 구명조끼가 지급됨에도 불구하고 한 번도 들어가 본 적이 없지만 생지옥에서 다이빙을 경험한 게스트들은 모두 이구동성으로 외친다.

기분이 너무너무 쫄깃하다고!!!

쫄깃센터?
아니, 쫄깃쎈타!

도대체 정체가 뭐야? 새로 생긴 횟집 이름인가?

제주도의 바다마을 협재리에 쫄깃쎈타를 짓기 시작했을 때 가장 많이 들었던 질문이다. 정확한 이름은 쫄깃쎈타다. 그렇게 부르는 데 거창한 이유는 없다. 단 한 번뿐인 인생, 까짓 거 염통이 쫄깃해지도록 신명나게 살아보자고 붙인 이름이다. 아는 사람끼리는 편하게 '쫄쎈'이라고 줄여서 부른다.

이름을 너무 튀게 지었나, 진지하게 고민한 적도 있었지만 고민 따위는 원래 딱 몇 초간만 해야 하는 것이여. 뭐 일단 재미있는 이름이 좋잖아! 그래서인지 인터넷 검색창에 제주도 게스트하우스를 검색하면 쫄깃쎈타는 잘 나오지 않는다.

숙박업을 하는 데 있어서 어쩌면 큰 손해일 수도 있지만 사실 그런 건 별로 신경 쓰지 않는다. 일단 내가 재밌어야 하는 게 우선이다. 나부터 확실하게 재미를 느껴야 결국엔 찾아주는 게스트들에게도 그 재미가 전염될 수 있다고 생각하기 때문이다.

내가 충분히 재미를 느낀다면 비록 돈을 벌지 못한다고 해도 그리 밑지는 장사는 아닐 것이다. 쫄깃쎈타는 그런 무모한 마인드로 운영되고 있다.

제주도로 내려와 쫄깃쎈타를 열기까지 많은 일들이 있었다. 결정적 계기는 2010년, 이혼을 한 것이었다. 내 인생에 있어서 어쩌면 가장 큰일이었을 것이다. 요즘은 3명 결혼하면 1명이 이혼할 정도니 이혼이 뭔 대수냐고 하겠지만, 남 일이라서 그런 소리가 쉽게 나오는 것 같다. 직접 겪어보지 않은 사람은 모른다. 내가 유독 예민해서 그런 건지는 모르겠지만 불과 일주일 만에 살이 14킬로그램이나 빠질 정도였다. 아마도 마음의 살은 더 많이 빠졌을 것이다. 전엔 식음을 전폐한다는 게 어떤 느낌인지 실감이 안 났는데, 바로 그때의 내 상태가 식음을 전폐한 상태였던 것 같다. 계속 그대로 혼자 썩어가고 있다가는 나쁜 생각을 먹을 수도 있을 것 같아서 일부러 밖으로 나가 많은 사람들을 만나고 놀았다. 놀고 싶지 않았지만 열심히 놀았다.

역시나 오랫동안 놀고 먹고 누던(?) 곳이라 홍대 앞이 좋고 편해서 그쪽으로만 야무지게 다녔다. 매일매일 다양한 직업을 가진, 다양한 개성을 가진 새로운 멋쟁이 친구들을 만나 밤새 술잔을 기울이고 또 기울였다. 헛개나무 과수원집 아들도 아닌 놈이 계속되는 과도한 음주 덕분에 속은 세탁통에 벗어놓은 양말마냥 뒤집어지고 대바늘로 콕콕 쑤시듯 쓰라렸지만 반대로 마음은 점점 치유되는 듯했다.

한참을 그렇게 미친 듯이 놀고 퍼마시는 것을 성실히 이행하다 보니 문득 다음과 같은 생각이 대뇌 사이의 협곡을 뿅~ 스쳐 지나갔다.

'편하게 맘껏 술 마시고 얘기 나누며 재미있는 시간을 보낼 수 있는 아지트 같은 장소가 필요하닷!'

'홍대 쪽에 멋진 아지트를 만들어보고 싶다!'

마음 맞는 친구들과 딩가딩가 놀면서 결국엔 자신을 찾을 수 있는 그런 공간을 만들고 싶었다. 당시 주로 함께 놀던 멤버, 나의 친동생 SG 워너니(고원헌)와 평소에 잘 알고 지내던 동생 브루스(강민석)를 꼬드겨 본격적으로 일을 꾸미기 시작했다.

일단 프로젝트가 정해지면 되든 안 되든 멋들어지게 이름부터 붙이는 게 내 스타일이라서 아지트의 이름부터 짓기로 했다. 당시 나는 트위터에 한참 빠져 있었는데 그곳에서 자주 남발하던 단어가 있었다.

'쫄깃'

내 만화에도 자주 나오던 대사 '염통이 쫄깃해질 것 같아!'에서 따온 단어. '어차피 단 한 번뿐인 인생, 너무 딱딱하게도 너무 무르게도 말고 적당히 탄력 있고 재미있는 상태로 행복하게 살자'는 의미의 단어였다.

그래! 그렇다면 아지트의 이름은 쫄깃쎈타라고 짓자! 쫄깃센터는 안 된다. 왠지 살짝 정상적으로 보인다. 역시 싼티, 빈티 팍팍 나는 게 내 스타일이다!

쫄.깃.쎈.타

일단 이름을 짓고 나니 아니나 다를까 가슴이 콩당콩당 뛰면서 이미 머릿속에는 나의 벗들과 함께 쫄깃쎈타에서 신나게 놀고 있는 광경들이 아이맥스 3D 입체영상으로 펼쳐졌다.

홍대 근처에 공간을 하나 임대해서 보증금은 시원하게 내가 딱! 지불하고, 스무 명 정도 친구들을 모아 월세를 나눠낸다. 처음엔 텅 빈 공간이겠지만 시간이 지나면 각자가 기증한 물건들로 점점 채워진다. 그게 카페가 되든, 식당이 되든, 작업실이 되든, 술집이 되든 상관없이 재미있는 공간으로 만들자!

우리들의 아지트이자 마을회관 겸 공동응접실! 생각만 해도 멋지지 않은가?! 쇠뿔도 단김에 뽑으랬다고 바로 동참할 친구들을 모으기 시작했다. 어랏?! 의외로 반응이 좋네? 얼마 지나지 않아 뜻을 함께할 쫄깃패밀리들을 꽤 모을 수 있었다. 만화인, 미술인, 음악인, 직장인 등 다양한 친구들이 모였다.

쫄깃패밀리 20인은 쫄깃쎈타에 대해

끈끈한 동지애와 책임감을 가져야 한다!

홍대 안에 자발적이고 새로운 복합문화공동체를 만들자!

이런저런 의미심장 두근두근 거창한 슬로건들이 튀어나왔지만 일단은 단순히 신명나게 놀 수 있는 놀이터를 만드는 게 목표였다. 신명나게 놀다 보면 뭐라도 되지 않겠냐는, 평소에 내가 가지고 있던 무모한 마인드 덕분이었다. 하지만 쫄깃쎈타 프로젝트는 곧 '현실'이란 벽에 부딪혔다. 내가 시원하게 보증금을 쓰기엔 홍대 쪽은 이미 너무나 비싼 곳이었던 것이다.

마땅한 장소가 쉽게 나타나지 않았다. 사실 홍대는 이제 더 이상 홍대가 아니라 강남이었다. 하지만 쫄깃쎈타는 반드시 홍대 안에 지어져야만 했다. 홍대 앞이 아무리 돈 냄새 풀풀 풍기는 곳으로 변해가도 그 안에 보란 듯이 '사람 냄새 풀풀 풍기는 장소'를 만들고 싶었다. 그리고 아주 사심 가득 불순하기 서울역에 그지없지만…… 역시나 홍대 앞엔 예쁜 아가씨들이 많았으니까! 으하하!

내가 보증금을 쓰기엔 너무 비싸고 콧대 높은 홍대, 그렇다고 대출은 싫었다. 죽을 때까지 절대로 남의 돈에 신세 지지 않고 분수껏 살겠다는, 없어도 폼 나게 살고 싶다는 고집 같은 게 있었다. 난 자본주의 사회에 그 흔하디흔한 신용카드도 없는 남자니까!

홍대 안에 쫄깃쎈타를 세우겠다는 계획은 이렇게 처음부터 삐걱 댄스를 추고 있었다. 그러던 중 우연하게 술자리에서 농담 섞인 의견이 나왔다. 제주도에

게스트하우스를 만들면 어떨까,라는. 그 순간 어처구니없게도 지금까지의 계획은 급변경되었다.

그래! 홍대 앞에 우리가 놀 곳이 없다면

에메랄드빛 바다가 넘실대는 제주도로 가자!

까짓것, 제주도에 우리의 아지트를 만들자!

몇 년 전, 2주 정도 올레길을 걸은 적이 있는데 그때 게스트하우스라는 새로운 형태의 숙박문화가 무척 신기했다. 그리고 사실 예전부터 내 염통 속엔 막연한 로망이 있었다. 제주도, 아니 꼭 제주도가 아니더라도 아침마다 눈앞에 넘실대는 바다가 벨리댄스를 추고, 그 위를 갈매기떼들이 2열 종대로 구보하는 곳, 그곳에 민박집 같은 걸 짓고 소박하게 살고 싶다는.

물론 나만 들떠 있었던 건 아니었다. 함께 놀던 동생 브루스는 언젠가는 답답했던 서울생활에서 벗어나 다시 고향인 제주도에 정착하고 싶다고 했다. 그리고 내 동생 SG 워너니. 워너니는 이런저런 사업에 손을 대고 있었지만 모두 결과가 신통치 않아 기운이 쪽쪽 빠져 있는 상태였다. 어렸을 적부터 여행 관련 사업을 하는 것이 꿈이었던 워너니. 그래, 쫄깃쎈타 제주도 프로젝트에 반대할 이유는 1g도 없다!

세 명의 마음이 이렇게 딱딱 들어맞으니 당장 눈앞에 뭐라도 뚝딱 만들어질

것 같은 분위기였다. 이렇게 세 명의 사나이는 홍대의 어느 구석진 카페에서 제

주도 쫄깃쎈타 대작전에 대해 도원결의를 맺게 되었다.

나리씨 ♡
까칠한 인생 한방인생
매일매일 매순간순간
쫄깃하세요 !!
2010. 9. 10
매가쏜킹
신나고 즐겁게
당동이 최현
2010. 9.

이렇게 시작된 제주도 쫄깃쎈타 프로젝트. 일단 제주도로 내려가야 했고 생각보다 오래 머물러야 할지도 모르니 베이스캠프로 삼을 집이 필요했다. 결론적으로 집세를 낼 목돈이 필요했다. 그렇다면 떼굴떼굴 머리를 굴려보자! 맏형인 내가 먼저 아이디어를 냈다.

"트위터로 내 얼굴과 쫄깃 로고가 박힌 티셔츠를 팔아보자!"

당연히 브루스와 워너니는 황당해했다. 물론 내가 인터넷에 검색하면 나오는 인물이긴 하지만 아니, 무슨 체 게바라도 아니고 내 얼굴이 떡~ 하니 박힌 티셔츠를 도대체 누가 사겠냐는 것이었다. 하지만 난 무모했다. 왠지 모두 팔 자신이 있었다. 트위터를 100% 잘만 이용하면 가뿐히 팔 수 있을 것 같았다. 이 세상 모든 매혹녀들의 가슴 위에 내 얼굴을 올려놓고 싶다고 고집을 부렸다. 그리고 그 고집은 먹혀들었다.

일단 미대 출신 재주꾸럭지 브루스가 티셔츠에 들어갈 이미지 디자인을 했고 바로 500장의 티셔츠를 뽑았다. 그리고 우린 홍대앞 아는 형님네 카페 구석에 테이블을 하나 빌렸다. 노트북 한 대 갖다 놓고 남대문 시장마냥 쫄깃 티셔츠를 펼쳐놓고 트위터로 실시간 판매를 시작했다. 택배로 배송을 해주는 것도 아니었고 트위터로 홍보하면 살 사람이 직접 카페로 와서 수령하는, 참으로 배짱 좋은 방식이었다.

그리고 한 달 후…

놀랍게도 500장은 모두 팔렸다. 티셔츠 쇼핑몰 일을 하던 어느 지인은 이런 경우는 난생처음이라고 했다. 확실히 좋은 징조였다.

서울에서 정리해야 할 일들이 아직 많이 남아있던 워너니는 일단 나중에 합류하기로 했고, 브루스와 내가 선발대로 티셔츠 판돈을 챙겨 들고 마치 돈키호테와 산초처럼 제주도로 향했다.

자, 이제부터 시작이로구나!

제주도 들어가기

쫄깃쎈타 제주도 상륙작전을 위해

브루스와 내가 올라탔던 '오하마나호'의 위용.

저녁 7시에 출발해서 다음 날 아침 8시에 도착하니까

무려 13시간 정도 소요된다.

그냥 편하게 푹 자고 개운한 기분으로

제주도에 사뿐히 발을 내디딜 계획이었지만

3등 칸에서 그런 호사를 누린다는 건

동네 뒷골목 배달 전문 중국집에 불도장이나 샥스핀을 주문하는 꼴.

밤새 객실이 붕괴될 정도로 소란을 피우며 합창으로 음주가무를 즐기던

아저씨 아줌마들 덕분이었다.

밤을 꼴딱 지새우며 괴로워하다가

방광의 무소유를 위해 화장실에 갔더니

특이한 용도의 변기까지 완비되어 있었다.

결국 숙면은 우리에게 사치가 되어 버렸고

뜬눈으로 13시간을 버텨야만 했던 우린

갑판 위에서 소주와 주전부리로 버텨보기로 했다.

하지만 몇 잔 홀짝이다가

문득 하늘과 바다가 분간이 되지 않는

시커먼 밤풍경을 보곤 과음하지 않기로 했다.

한밤중의 시커먼 바다 위로 떨어지면

제주도 쫄깃쎈타 프로젝트도 안녕이니까……

결국 밤을 꼴딱 지새우고 났더니

미칠 정도로 멋진 바다 일출이 우릴 맞이했다.

아! 저 타오르는 태양을 보라!

마치 제주도 쫄깃쎈타 프로젝트의

찬란한 성공을 기원해주는 듯했다.

드디어 제주도 도착!

제주도에 도착하자마자

남들이 볼 땐 치밀한 척,

우리끼린 대충대충

앞으로의 계획도 짰다.

제주도 이주자로서 나보다 선배인

지인으로부터 조언도 들을 수 있었다.

힘내! 할 수 있어! 지금 힘들어도 이 상황을 견뎌!
모두들 힘내라고만 하는데 힘 좀 빼라는 이는 하나 없다.

지금껏 힘내느라 지쳤으니
힘쓰느라 지쳤으니 이젠 부디 힘 좀 빼자.

아프니까 청춘이 아니다.
청춘이 왜 아파야 하나? 청춘은 재미있어야지.

안 되는 건 정말 안 되는 거다.
어떻게 해도 안 되는 건데 힘낸다고 될 수는 없는 거다.

억지로 힘내며 살지 말자.
적당히 힘 빼고 살자. 우리.

힘내지 말고 힘 빼!

예전엔,
나 자신과 싸우는 것
나 자신을 이기는 것
나 자신을 넘어서는 것
그게 옳다고 생각했다.

하지만, 제주도에 터를 잡고 살면서 생각이 많이 바뀌었다.

이젠 내가 많이 부족하더라도 나 자신을 다독여주고 싶다.
나 자신을 꼬옥 안아주고 싶다. 나 자신을 위로해주고 싶다.

그래, 힘내지 않아도 괜찮아.
그게 바로 나를 위한 삶이고 결국엔 남을 위한 삶이니까.

제주도에서
먹고 자고 누기 스타트!

제주도에 도착한 브루스와 나는 일단 며칠 동안만 제주 서쪽 한림읍에 있는 브루스 부모님 소유의 집에서 지내기로 했다. 그 집은 브루스가 태어나서 열 살 때까지 코 흘리던 곳으로 지금은 동네 할머니께서 세를 들어 사시면서 집을 관리해주고 계셨다. 할머니께서 쓰시던 공간 말고도 방 세 개와 부엌이 하나 남아 있었는데 그곳을 우리가 쓰게 된 것이다.

일단 이곳저곳을 신나게 돌아다니면서 삭막한 도시생활에 팍팍 찌들어 버린 심신을 제주도의 기운으로 치유해보기로 했다. 물론 도로 위에 주유비는 꽤나 뿌리겠지만 제주도 쫄깃쎈타 프로젝트에 앞서 일단 우리 자신부터 제주도에 적응시키는 게 우선이라는 판단에서였다.

좌뇌, 우뇌 한 세트 모두 비우고 일단 대자연을 만끽하며 놀자. 아울러 쫄깃쎈타를 지을 멋진 장소도 물색해보자. 님도 관람하고 뽕도 수확하자는 계획이었다.

브루스는 열 살 때까지 제주에서 살다가 부모님과 함께 서울로 이사 온, 양념 반, 후라이드 반 아니, 서울 반, 제주도 반 사람이었기 때문에 알아듣기 어렵기로 치자면 전국 1위인 제주도 사투리를 모두 알아들을 수 있을 거라 생각했다. 하지만 열 살 이후론 제주도에 간 적이 거의 없었기 때문에 오히려 나보다도 더 제주도에 대해 모르는 상태. 그래서 이번 기회에 제주도를 제대로 체험하면서 브루스의 고향 사랑 연료통을 만땅으로 채워주려 했다. 명실공히 완벽한 제주도 사람으로 만들어주고 싶었다.

우린 아침에 눈만 뜨면 부지런히 제주도 이곳저곳을 탐색하고 다녔다. 티셔츠 판매로 모은 쫄깃쎈타 프로젝트 비용을 한 푼이라도 아끼기 위해 알뜰살뜰 도시락도 쌌다. 남자 둘이서 도시락을 싸들고 다닌 건 지금 생각해도 참 깨알 같았던 추억이다. 도시락이라고 해봤자 밥, 김치, 깻잎조림, 김 같은 것들이 전부였지만(가끔 고기가 당기면 소시지 구이까지) 탁 트인 바다 앞에서, 때론 울창한 숲 속에서, 때론 풍광 좋은 오름 정상에서 시장을 반찬 삼아 도시락을 까먹던 그때 그 기분은 정말 최고였다. 어디에 도시락을 펴든 그곳은 우리에게 일류 호텔 레스토랑이었다.

멋진 곳을 찾아 돌아다니며 어찌나 신명나게 놀아댔는지 저녁에 이불 펴고 눈만 감으면 순식간에 밤에서 아침으로 순간이동을 하는 게 일상이었다. 이건 뭐 꿀잠을 안 자려야 안 잘 수가 없는 시스템이었다.

제주 가이드 책자에도 잘 나오지 않는, 머리카락 보일라 꼭꼭 숨은 비경들을 온몸으로 체험하고 감탄하면서 우리가 영화 〈브로크백 마운틴〉의 그 연인들처럼 되지 않기를 바랐다. 그만큼 제주도는 우리에게 가슴 벅찬 D컵의 감동 그 자체였다. 그렇게 우린 매일매일 듬뿍듬뿍 제주도에 대한 사랑을 키워 나갔다.

무엇보다 가장 시급했던 것은 브루스에게 게스트하우스 문화를 제대로 체험할 수 있게 아장아장 이끌어주는 것이었다. 브루스는 게스트하우스에 대해 백지상태였다. 심지어는 인천에서 제주로 오는 배 안에서는 나에게 이런 말도 했을 정도니까.

"정말 형이랑 게.이.트.하.우.스 잘 운영해보고 싶어요."

제주도 맛보기

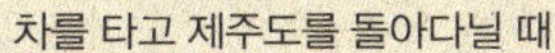

차를 타고 제주도를 돌아다닐 때

차창 밖으로 우리의 두 눈을 호강시켜주던 고마운 구름들,

주룩주룩 비가 온 다음 날엔 더욱 스타일 있는 구름들이

하늘에 펼쳐져서 비가 오는 날은 가슴이 두근거릴 정도였다.

제주도로 내려와 브루스와 묵었던 숙소,

원래는 브루스가 어렸을 적에 살던 집이었다.

세탁기가 없어서 매일 열심히 손빨래를 하느라

브루스와 나에게 점점 우물터 아낙네즘이 느껴졌다.

쫄깃 티셔츠 판매로 마련했던

경비를 아끼고 아끼느라

열심히 도시락을 싸들고 다니면서

무조건 경치 좋은 곳을 발견하면

눌러 앉아 도시락을 까먹었다.

일류호텔에서 먹는 만찬 부럽지 않았다.

제주도 최강의 비주얼을 꼽자면 난 자신 있게 구름을 꼽는다.

구름으로 가득 찬 제주도의 하늘은 정말 미술관 그 자체다. 특히 한여름 에메랄드빛 바다와 하늘 위로 펼쳐지는 구름들은 젖소로 치자면 대관령급, 한우로 치자면 횡성급이다!

구름에 무슨 보톡스 주사라도 놓은 건지 아님 안에 뽕이라도 두세 겹 넣은 건지 모두 쭉쭉빵빵 글래머 구름들이다. 가만히 앉아 구름만 바라보고 있어도 시간 가는 줄 모른다.

제주도는 기후변화가 잦기 때문에 순간순간 다양한 생김새의 구름들을 볼 수 있다. 게다가 바람이 무척 세기 때문에 구름이 움직이는 속도를 보고 있노라면 누군가 리모컨을 들고 2배속으로 돌리는 것 같다.

잠시 휴대전화 메시지라도 확인하려 눈을 떼었다 다시 올려다보면 방금 전 그 모습이 아닐 정도다. 역시나 구름 한 점 없는 냉정하게 맑은 하늘보다는 적당히 구름이 둥둥 떠 있는 제주도의 하늘이 더 좋다.

브루스와 내가 배를 타고 제주도에 왔을 때가 자외선 잔뜩 머금은, 햇볕이 작렬하던 초가을이었는데, 어느새 계절은 숭구리당당 겨울로 넘어가고 있었다. 하지만 안타깝게도 제주도 쫄깃쎈타 프로젝트는 여전히 진전이 없었다. 아무래도 다른 지역보다는 이국적인 느낌이 물씬 풍기는 제주도 남쪽 지역이 쫄깃쎈타를 운영하기에 좋을 것 같아서 한우물만 파자고 그쪽으로만 집중적으로 탐색하고 다녔지만 역시나 전혀 수확은 없었고 실망의 나날들이 계속됐다.

유명한 게스트하우스에 묵으면서 실질적인 운영에 대한 노하우를 쌓아가던 도중 제주 서남쪽에 있던 게스트하우스 '레이지박스', '아일랜드'와 특별한 친분을 쌓게 되었다. 레이지박스 게스트하우스는 서울에서 맞벌이를 하던 젊은 부부가 내려와서 만든 곳으로 지금도 한참 유행 중인, 제주도 농가주택을 개조해서 만든, 게스트하우스의 시초격인 곳이다. 무엇보다도 언제나 친절한 사장님 부부의 따뜻한 미소가 제주도 정착에 대한 우리의 막연한 불안감을 없애는 데 많은 도움이 되었다.

아일랜드는 말레이시아 아가씨 '아이링'이 운영하는 독특한 분위기의 게스트하우스. 아이링은 자신의 나라 말레이시아에서 꽤나 유명한 여행작가라고 했다. 지금도 게스트하우스를 운영하면서 스태프에게 일을 맡기고 일 년에도 몇 번씩 해외로 뿅~ 배낭여행을 다녀오는 여행 마니아다. 그래서인지 그곳엔 외국인 여행객이 참 많았다. 개인적으론 이런 느낌의 게스트하우스를 만들어 보고 싶다는 생각이 들었다.

특히나 두 곳 모두 시골 마을 안쪽으로 깊숙이 위치해 있음에도 불구하고 별다른 광고나 홍보 없이도 오로지 이용자들의 입소문만으로 멋지게 잘 운영되고 있었다.

우린 유명한 게스트하우스들을 돌아다니며 이런저런 노하우들을 쪽쪽 빨아 마셨고, 밤이면 밤마다 신나게 한라산 소주를 마셨다. 제주도의 상쾌한 밤공기와 함께 마시는 한라산 소주는 마시는 족족 깨서 아쉬웠고 술이 아니라 보약, 아니 링거와도 같았다. 하지만 틈이 날 때마다 부동산 이곳저곳을 찍고 다녔음에도 불구하고 마음에 드는 매물은 좀처럼 나오지 않았다. 서울에 있던 워너니의 독촉전화가 밤낮없이 걸려왔지만 일단 미친 듯이 신나게 놀다 보면 뭔가 수가 생기지 않겠냐는 되지도 않는 핑계로 우린 대꾸했다.

불과 4~5년 전만 해도 10여 곳밖에 되지 않던 게스트하우스가, 우리가 한참 매물을 찾으러 돌아다닐 때는 무려 200여 곳으로 바글바글 늘어났고 덕분에 집값과 땅값이 오를 대로 오른 상태였다. 도대체 언제까지 발품을 팔아야 매물이 나올지 모르는 암담한 상황. 이건 발품을 파는 게 아니라 발품 기부였다. 결국

걱정이 쌓이고 쌓여 '임걱정'이 된 서울의 워너니가 참다못해 부랴부랴 짐을 싸들고 제주도로 내려왔다. 그리고 든든한 지원군인 워너니의 진두지휘 하에 티셔츠 판매 수익금의 나머지를 탁탁 털어 제주 서남쪽 모슬포에 숙소를 얻었다. 본격적으로 남쪽에 매물을 알아보려면 그쪽에 베이스캠프가 필요하다는 판단에서였다. 하지만 지원군이 내려왔음에도 여전히 별다른 수확 없이 시간만 흘러갔다.

제주도의 겨울은 몹시 추웠다. (도대체 누가 제주도가 따뜻하다고 했어!)

습기를 잔뜩 머금은 겨울바람이 뼛속으로 야무지게 스며들었다. 기온이 떨어지면 떨어질수록 우리의 사기도 떨어지고 있었다. 이제 노는 것도 노는 것 같지 않았다. 우리의 프로젝트가 풍치마냥 흔들리고 있었다.

우리의 쫄깃쎈타는 어디에

숙소가 있던 동네를 산책하던 도중
눈에 들어온 콘크리트파이프들,
경비는 점점 떨어져 가는데
쫄깃쎈타를 지을 매물이
좀처럼 나타나지 않았다.
"저 속에 한 사람씩 들어가면 게스트하우스네."
라는 헛소리가 나올 정도였다.

브루스가 스태프 아르바이트를 하던
아일랜드 게스트하우스 근처에 있는
단산(바굼지오름)에서 바라본 풍경.
하지만 쫄깃쎈타 프로젝트가
좀처럼 진행이 되지 않자
풍경은 눈에 들어오지 않고
한숨 나오는 스킬만 늘어가는
암울한 나날들이었다.

아일랜드 게스트하우스에서 만나

함께 제주 막걸리를 홀짝이던 외국인 친구들.

하지만 영어울렁증이 있던 나에겐 그저

외국인과 함께하는 막걸리 시음회였다.

제주도 전통음식인 '돔베고기'

돔베는 제주도의 옛말로 '도마'를 뜻한다.

말 그대로 도마 위에 올려주는 돼지수육이다.

제주도 음식은 '갈치조림과

흑돼지구이밖에 없다'는 나의 무식함이

산산이 깨지는 순간이었다.

레이지박스 게스트하우스에서

제주도 여행 계획을 짜면서 만났던 백구.

제주도엔 이런 한량 백구들이 참 많다.

이 녀석들처럼 좌빈둥 우빈둥

여유롭게 살고 싶었다.

어려서부터 소라나 다슬기 같은 먹거리를 좋아했다. 조개도 조갯살보다는 관자살을 더 좋아라 했다. 쫄깃쫄깃한 식감을 무척 좋아하기 때문이었다.(결국 난 쫄깃쎈타를 지을 운명이었던 것일까?) 제주도에도 그런 먹거리가 있다.

보말!

보말은 제주도 해안 여기저기에 서식하는 바다고동이다. 하루 세끼 배 빵빵하게 신선한 해초를 먹고 사는 녀석이라니 얼마나 건강하고 맑고 깨끗하겠어. 동맥경화나 고혈압에 시달리는 보말은 아마 없을걸?

쫄깃쎈타 앞이나 비양도에서도 보말은 쉽게 딸 수 있다. 바닷속 돌이나 방파제 벽에 따닥따닥 붙은 보말을 쇠국자를 연결한 긴 나무 막대기로 효자손 쓰듯 그저 박박 긁어 올리기만 하면 된다. 아이 쉽다~

그렇게 딴 보말은 죽을 끓여 먹어도 좋고 된장찌개에

팍팍 넣어서 끓여 먹어도 별미다. 최근엔 보말 스파게티를 파는 식당도 봤다.

그냥 끓는 물에 폭폭 삶아서 이쑤시개랑 함께 톡~ 내놔도 멋진 소주 친구가 된다. 한라산 소주 한 잔 쫙 들이켜고 이쑤시개로 보말 하나 쏙 꺼내 먹고 그렇게 딩가딩가 신선놀음을 해도 좋다.

게스트들에게 강추하는 보말 전문 식당은 모슬포 오일장터에 위치한 '옥돔식당'이다. 옥돔식당이지만 옥돔 요리는 전혀 없다. 오로지 보말국과 보말칼국수 두 종류만 판다. 개인적으로 메뉴가 초간단한 이런 식당, 무척이나 애정한다.

입맛 까다롭기로 유명한 미식가 친구인 대중문화평론가 '김작가'는 보말칼국수야말로 '레알 제주도의 맛'이라고 했다. 제주도 보말의 진가를 느끼고 싶은 분들은 꼭 드셔 보시길! 그리고 그 쫄깃한 보말을 씹는 그 순간! 마음속으로 제주도의 청정 바다에 감사의 댓글 한 개쯤은 달아주시길~

제주도 생활을 시작하면서 난 짬이 날 때마다 트위터로 사람들에게 이곳 생활을 부지런히 알렸다. 손에서 휴대전화를 놓는 경우가 거의 없었다. 밥을 먹을 때도 한 손으로 트위터를 했고 심지어는 휴대전화를 꽉 쥔 상태로 잠에 들기도 했다. 이렇게 미친 듯이 트위터를 하다가는 휴대전화와 손이 붙어 버릴지도 모를 노릇이었다.

매일 우리가 찾아갔던 제주도의 숨겨진 비경과 맛집, 제주도 생활에 대한 나의 생각들, 그리고 쫄깃쎈타를 준비하는 과정을 야무지게 올렸다.

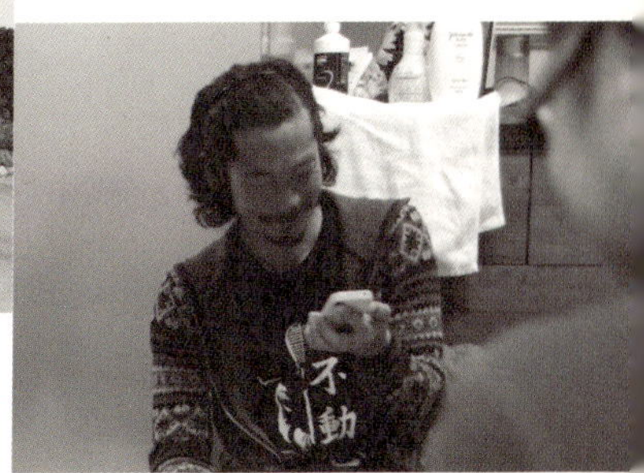

내 목표는 단순했다. 최대한 많은 사람들이 내 글을 보고 꼭 쫄깃쎈타가 아니어도 좋으니 일단 제주도에 오고 싶도록 만드는 거였다. 많은 이들에게 제주도의 꿀매력을 알리고 싶었다. 제주도에 너무 오고 싶어서 셔플댄스를 추게 만들고 싶었다.

트위터를 본 사람들의 반응은 그야말로 폭발적이었다. 사진을 보곤 "도대체 이곳이 어디냐?"고 묻거나 제주도 정착에 대해 조언을 구하는 이들도 많았다. 지금이라도 당장 백만 관광대군이 제주도로 쳐들어올 기세였다.

나의 인터넷 아이디는 animaiko.
무슨 뜻인지 물어보는 분들이 많은데

anim - aiko '아님 아이고'
그러니까 '아니면 말고'의 경상도식 표현이라고 보면 되겠다.

일단 저질러 보고 아니면 마는 것,
잘 안 되면 뭐 다른 방법을 찾아보거나
깔끔하게 후련하게 모조리 갈아엎고
다른 새롭고 재미난 일을 꾸미면 된다.

그래! 모 아니면 도,
아님 말고
아님 아이고

까짓것 일단 한번 해보는기다!
인생 짧으니까……

하루하루 노는 게 노는 건지 방황인지 상당히 헷갈리던 나날들…….

브루스는 평소에 친분을 쌓아놨던 아일랜드 게스트하우스에서 한 달 동안 스태프로 아르바이트를 했다. 워낙 외국인들이 많이 오는 곳이라 자신의 차로 가이드를 해주면서 돈도 벌 수 있다며 몹시 흥분했다. 영어랑 전혀 친분이 없던 브루스였지만 한 달 동안 가이드를 하면서 영어 실력이 일취월장하는 쾌거를 이뤄냈다. (유독 동남아시아 손님들이 많아서 동남아식 영어 악센트가 입에 붙긴 했지만)

워너니는 급하게 개인사업을 정리하느라 똥 누다가 중간에 끊고 나온 사람마냥 불안함을 가득 안고 다시 서울로 올라갔다. 가슴속에 커다란 돌덩이가 들어앉은 것마냥 답답한 나날들이 반복되고 있던 어느 날, 전에 넌지시 얘기만 던져 놓았던 제주도 서쪽의 어느 부동산에서 연락이 왔다. 협재해수욕장으로 유명한 마을 협재리에 끝내주는 매물이 하나 있다는 소식이었다.

사실 그쪽엔 별 관심이 없었다. 유명한 휴양지 중 한 곳이라 여름 성수기엔 관광객들로 북적이기 때문에 너무 정신없는 곳이라는 점이 싫었다. 브루스와 난 레이지박스나 아일랜드처럼 한적한 마을 안에 엘레강스한 게스트하우스를 만들고 싶다는 생각이 강했다.

  하지만 워너니의 생각은 달랐다. 사업 경험이 많은 워너니는 관광객들의 발길이 많은 곳이 안정적인 수익을 내는 데 바람직하다고 판단했다. 맞는 얘기였다. 지푸라기라도 잡고 싶었던 브루스와 난 협재리로 무거운 발걸음을 옮겼다.

  협재리에서 우릴 기다리고 있던 매물은 무척이나 우중충해 보이는 구식 양옥집이었다. 매물 앞으로 난 길이 올레 14코스 끝자락이긴 했지만 하루 평균 두세 명 정도의 올레꾼만이 지나갈 정도로 완벽한 비인기코스였다. 한겨울이라 바닷바람이 뼛속으로 스며들어 더욱 건물이 스산하게만 느껴졌다.

  제주도 특유의 농가주택들 사이에 그런 양옥집이 떡 하니 있는 것도 특이했지만 무엇보다 특이했던 건 마을 길 쪽에서 보면 1층인데 바다 쪽에서 보면 2층인 구조였다. 예전엔 지하도 1층도 아닌 그 어정쩡한 곳이 민박으로 활용되었다고 했다.

워낙 협재해수욕장이 유명했기 때문에 여름 한때만 살짝 장사를 해도 1년을 먹고 살 수 있을 정도로 수입이 꽤나 짭짤했다고 했다. 동네 주민들 사이에선 터가 좋은 집이라는 소문이 자자했다.

집 마당엔 무척 창백해보이는 정체불명의 나무 한 그루가 발가벗은 채 불쌍하게 서 있었다. 제주도에 흔한 팽나무인 줄 알았는데 지나가던 동네 어르신께서 '느릅나무'라고 말해주셨다. 날씨가 너무 추워서 그런지 마치 얼어 죽은 것만 같았다. 만물이 소생하는 따뜻한 봄이 온다 해도 싹이 코딱지만큼도 날 것 같지 않았다.

부동산 업자를 따라 집안으로 들어갔는데 한겨울인데도 기름값을 아끼려고 난방을 하지 않아서인지 놀이동산의 '귀신의 집'에 들어온 듯한 느낌이었다. 안에서 우릴 서늘한 눈빛으로 바라보던 가족들도 다들 호러영화의 캐릭터들처럼 보였다.

겉은 멀쩡해 보이는 집이었지만 막상 안에 들어가 보니 구조가 꽤나 어정쩡해서 도대체 이 집을 어떻게 손을 봐야 샤방샤방 멋진 게스트하우스로 탈바꿈시킬 수 있을지, 눈 감고 하는 테트리스마냥 차곡차곡 고민이 쌓였다.

나에게 지금 요술램프가 있다면 맛이 간 집을 고쳐주는 TV 프로그램의 건축가를 불러내고 싶었다. 특히나 여기저기 창문이 얼마나 쓸데없이 많은지……

바다에서 불어오는 매서운 바람 때문에 웃풍이 심했다. 이빨이 연신 따닥딱딱 모르스 신호를 보내고 있었다.

그렇게 점점 매물에 대한 정이 폭락하고 있던 중, 아무 생각 없이 발을 들여놓은 캄캄한 부엌. 싱크대 앞의 자그마한 창문으로 그것들이 눈을 박차고 들어왔다.

옥빛 협재 바다와 비양도였다.

그 순간, 매물을 구해야 한다는 압박감으로 만성 변비 상태였던 머릿속이 갑자기 뻥 뚫리면서 한동안 난 그 광경에 취해 넋을 가지런히 내려놓았다. 라면 하나를 끓여도 창밖의 저 풍경을 보며 요리하면 일품요리가 될 것만 같았다.

옥상으로 올라갔다. 바로 앞에 파노라마처럼 펼쳐진 협재 앞바다를 본 순간 두 눈에서 눈물이 천지연 폭포마냥 왈칵 쏟아져 내렸다. 겨울 바닷바람을 맞아 지병인 안구건조증이 도진 건지, 사방으로 펼쳐진 바다에 감동을 받아 흘리는 눈물이었는지는 잘 기억나지 않는다.

옥빛 바다의 정석이었다. '바다라면 모름지기 요로코롬 옥빛이어야지'라고 한다면 듣는 다른 지역 바다 서러워질 그런 느낌이었다.

옥빛 바다뿐만이 아니었다. 그 위에 마치 생텍쥐페리의 『어린왕자』에 나오는, '코끼리를 복용한 보아뱀'의 모습을 지닌 비양도가 풍경의 화룡점정을 찍고

있었다. 게다가 뒤를 돌아보니 마을의 알록달록한 지붕들 너머로 저 멀리 영화
세트장 배경그림처럼 한라산이 뽈록 솟아 있었다. 순간 난 가슴 속으로, 8옥타
브 높여 외쳤다.

"그래! 다 필요 없어.

바로 이곳에 쫄깃쎈타가 세워져야 한다!"

MERRY CHRISTMAS

중요한 결정 앞에서
선택의 기로에 놓일 때마다
항상 되뇌는 말이 있다.

이 문구를 되뇔 때마다
순간순간 최선을 다해
재미있게 살아야겠다는 다짐이
염통에서 불끈불끈 솟아오른다.

누가 한 말인지는 모르지만
아마도 죽을 때까지 잊히지 않을
그런 멋진 문구가 아닐까 싶다.

"인간은
　누구나
　　조만간
　　　죽는다"

OI 친구들과 함께 왁자지껄 오는 여행도 좋지만 가끔은 고독한 여행에 도전해보는 건 어떨까? 쫄깃쎈타에서 다른 게스트들과 새로운 인연을 만들어도 좋고, 홀로 창밖의 바다를 보거나 책을 보며 시간을 보내도 좋다. 개인적으로 제주도와 가장 잘 어울리는 여행의 모습은 고독을 만끽하는 여행이라고 생각한다. 실제로도 제주도엔 홀로 여행족들이 증가하는 추세다.

O2 단지 며칠 묵을 뿐인데 도에 지나치게 빡빡한 일정으로 테트리스처럼 차곡차곡 피로를 쌓지 말자. 한 지역에 오래오래 머물면서 해장국 뼈다귀 틈에 박힌 살을 빨아 먹듯 그 지역의 매력을 쏙쏙 흡수할 수 있는 그런 느긋한 여행을 즐겼으면 좋겠다.

O3 제주도에 오기 전, 너무 많은 정보를 구하려 하지 말자. 사전정보 없이 오는 것이 더 재미있을 것이다. 별다른 정보 없이 우연히 봤던 영화가 더 기억에 남듯 제주도도 그렇게 여행하는 것이 좋다. 일단 쫄깃쎈타에 와서 먼저 여행을

하던 다른 게스트들로부터 생생하고 정확한 정보를 얻는 게 더 바람직하다.

04 쫄깃쎈타에서 술을 마시는 건 좋다. 하지만 과음은 절대 금물이다. 다음 날 아침 숙취로 얼굴 가득 인상 쓰며 눈 뜨는 것보단 적당히 즐겁게 마시고 다음 날 상쾌한 여정을 즐기는 것이 좋겠다.

05 아무리 여행에서 남는 게 사진이라지만 너무 사진 찍는 데만 집중하지 말 것. 눈으로 셔터를 누르고 망막에 새기고 마음속에 인화해보는 여유를 즐겨보자.

06 제주도는 우리나라 최고의 청정자연을 보유했다고 해도 과언이 아니다. 절대로 아무 곳에나 함부로 쓰레기를 버리지 말고 자연에 해를 끼치는 행위를 하지 말자. 보물섬이 고물섬이 되는 건 순식간이다.

07 맛집은 인터넷 검색에 의존하지 말고 현지인들이 즐겨 찾는 식당을 이용해보자. 제주도 하면 '고기국수'가 유명하다. 난 제주시의 이름난 고기국수집보다 쫄깃쎈타 근처의 허름한 국수집이 더 맛있다고 생각한다. (하지만 함부로 소개해주진 않는다. 나만 알고 싶으니까!) 개인적으론 손님이 드글드글한 맛집보다 식당주인과 담소도 나누며 여유 있게 먹을 수 있는 동네 허름한 식당을 더 좋아한다.

08 렌터카로 여행을 할 경우 항상 안전운전하자. 제주도엔 신호가 없는 도로도 꽤 있기 때문이다. 자칫 방심하다가는 큰 사고로 이어질 수 있다. 아울러 과속하다가 로드킬을 저지르지 않도록 주의하자. 제주도의 개들은 천하태평 마인드를 가진 녀석들이기 때문에 안타깝게도 로드킬을 당하는 경우가 많다.

09 렌터카에 남는 자리가 있다면 쫄깃쎈타에서 만난 게스트를 태우고 함께 여행을 즐기는 것도 좋을 것이다. 물론 약간의 기름값을 지원받을 것!

10 하루쯤은 과감하게 쫄깃쎈타 안에서 좌빈둥 우빈둥 여유를 즐기거나 게스트들과 맛있는 요리를 만들어 먹으며 쫄깃한 시간을 보내는 것도 좋지 않을까? 그게 바로 게스트하우스의 묘미니까!

11 쫄깃쎈타를 이용했던 많은 게스트들이 말했다. 최소한 4박 5일 이상은 묵어야 쫄깃쎈타의 매력을 충분히 느낄 수 있을 거라고. 쫄깃쎈타뿐만이 아니다. 한 게스트하우스에 가능한 한 오래 묵어보자. 지금까지와는 다른 색다르고 훈훈한 경험을 할 수 있을 것이다.

결론은!
큰맘 먹고 제주도에 왔으니 반드시 뭘 해야겠다는 생각을 많이 하지 않았으면 좋겠다. 쫄깃쎈타는 뭘 해도 좋고 아무것도 하지 않아도 좋은 곳이며 다른 게스트들과 함께 알콩달콩 지내면서 자기 자신을 찾는 그런 공간이니까.

내가 포이다. 11.08.12

2장

우리는
쫄깃패밀리

결국 사람이 힘이고 사람이 재산이다.
가능하다면 내 통장엔 돈이 아니라

사람들을 저축하고 싶다.

쫄깃 쫄깃
폭주 기관차

엎어지면 코가 잠길 곳에 옥빛 바다가 출렁이는 환상적인 풍경을 보고 마구 흥분한 브루스와 나는 바로 서울에 있는 워너니에게 긴급전화를 날렸다.

"야! 여기 정말 끝내준다! 네가 지금 당장 옥상에 올라와서 이 미친 바다를 봐야 한다구! 이곳이야말로 쫄깃쎈타를 지어야 할 최적의 장소야!"

어찌나 흥분했는지 난 미취학 아동마냥 발을 동동거리고 있었다. 워너니는 주저하고 있다가는 또 다른 사람이 계약할 수도 있으니 그렇게 확신이 들면 바로 계약을 해버리라고 당부했다. 그렇게 느닷없이 쫄깃쎈타를 지을 곳이 뽕 정해져 버렸다. 발품을 팔 대로 팔고 기부까지 했건만 코빼기도 안 보이던 매물님이 갑자기 우리 눈앞에 짠~ 하고 강림하신 것이다.

빛의 속도로 계약까지 무사히 마친 우린 평소에 알고 지내던 제주도 지인을 통해 한 달 반 동안 쫄깃쎈타 짓는 것을 담당해줄 업자까지 구할 수 있었다. 이제 한 달 반 뒤면 우리의 눈앞에 아기다리고기다리던 쫄깃쎈타가 포부도 당당하게 그 쫄깃한 비주얼을 드러낼 것이다.

일이 너무 속전속결로 진행되는 바람에 1g 정도 불안한 마음도 들었지만 아니야, 아니야! 쓸데없는 생각일랑 화장실 변기 물로 콱 내려버리자! 폭발 직전의 염통을 장착한 우릴 막을 수 있는 건 아무것도 없다.

우린 이미 쫄깃쎈타의 찬란한 완공을 향해 질주하는 폭주 기관차였다!

쫄깃패밀리를
결성하다

제주도에 쫄깃쎈타를 지으려고 다짐하면서부터 꿈꿔왔던 야심찬 계획이 하나
있었다. 함께 힘을 모아 쫄깃쎈타를 지을 쫄깃패밀리를 결성하는 것이었다. 같
은 배 '쫄깃호'를 타고 같은 방향으로 힘을 모아 노를 저어 갈 수 있는, 직종이
'믿음직'인 친구들이 필요했다.

어떻게 보면 막막할 수도 있을 제주도 정착, 혼자라면 두려울 수 있지만 뭉치
면 두렵지 않다고 생각했다. 비록 한 명 한 명 부족한 사람들일지라도 모여서
'부족'이 되는 순간 더 이상 부족하지 않다. 재미있고 따뜻한 공동체를 만들고
싶었다.

워너니와 브루스에게 이 계획에 대해 언급했더니 역시 언제나 그랬던 것처
럼 첫 반응은 냉담했다. 그 힘든 막노동을 한 달 반 동안 무급으로 해야 하는데
도대체 누가 지원을 하겠냐는 것이었다. 난 걱정하지 말고 일단 날 믿어보라고
했다. 단순히 쫄깃쎈타를 짓는 일 말고도 앞으로 제주도에 정착하고 싶어 하는
친구들에겐 성심성의껏 지원해주자고 했다. 그리고 트위터와 블로그에 다음과
같은 광고를 올렸다.

쫄깃쎈타를 함께 지을 쫄깃패밀리를 모집합니다

1. 공사기간 동안 숙식 무료 제공

2. 맛있는 제주막걸리 무한 제공

3. 쫄깃쎈타 '평생 무료 숙박권' 제공

4. 제주도에 정착하려는 쫄패에게 지속적인 관심과 애정 제공

워너니와 브루스는 걱정이 이만저만이 아니었다. 하지만 난 왠지 느낌이 좋았다. 그뿐이었다. 느낌이 좋으면 다 필요 없고 무조건 시도해보는 거다. 무모하게도 자신감으로 염통이 쫄깃해진 상태였다.

나의 예상은 적중했다. 제주도에서 재미있는 경험을 해보고 싶던, 평소에 제주도 정착에 관심이 많던 수많은 지원자들이 자신의 사연을 보내왔다. 구구절절한 사연들도 있고 단순 호기심에 올린 사연들도 많았다. 하지만 문제는 대부분의 지원자들이 여성이었다는 것이다.

쫄깃쎈타를 짓기 위해선 매일매일 막노동을 해야 하는, 체력을 요구하는 일이었기 때문에 아쉽지만 여성 지원자는 제외해야만 했다. 자신이 '장미란' 보다 힘이 세다는 여성분들도 많았지만 어쩔 수 없었다. 제주도로 이주하고 싶어 하는 사람이 남성보다 여성이 월등히 많다는 사실을 이때 알았다.

남은 남자 지원자 중 신중하게 고르고 골라 결국 네 명을 뽑았고, 공사 시작이 며칠 남지 않은 어느 날 전화를 걸었다. 신기한 것은 네 사람 모두 목소리가

무척 따뜻하고 좋았다는 것이다. 목소리를 듣는 순간 신뢰가 텍사스 소떼처럼

밀려왔다. 선발된 쫄깃패밀리, 줄여서 '쫄패' 네 명은 다음과 같다.

박준석

전직 통신 설비업체 직원.
듬직한 몸매에 부리부리한 큰 눈,
넉넉한 성격에 담배와 술을 무척 좋아한다.
제주도에 정착하고 싶어 함.
'번개소녀' 라는, 자신의 성별에 안 어울리는 닉네임을 쓴다.
이유는 모르겠다.

이윤석

전직 10년 차 카피라이터,
안경을 쓰고 약간은 차가운 인상.
무척 논리적이면서도 감성적인 매력남이다.
그래서 '감성돔'이라는 별명을 붙여줬다.
사진을 무척 잘 찍는다. 요리 실력이 뛰어나다.
맏형 준석이처럼 제주도에 정착하고 싶어 한다.

이효준

잠시 컴퓨터 프로그래머 일을 쉬고 있음. 키가 상당히 크다.
그래서 '효 더 자이언트 준' 이라는 별명을 붙여줬다.
로드바이크 마니아로, 당일치기로
서울에서 속초까지 가볍게 다녀오는 짐승이다.
약간 게으른 듯 보이지만 유쾌한 구석이 많은 친구다. 분위기 메이커.
제주도에 정착할 생각은 아니지만 나의 오랜 팬이기도 하고
그저 재미있는 경험을 하고 싶어서 지원했다고 한다.

오민기

건축학과를 나와서 영국에 유학을 갔다가
게스트하우스를 운영했던 경험이 있다.
한옥학교를 수료한 경력이 있고
심지어는 바리스타 자격증까지 있다.
요리 실력이 뛰어나고 맥가이버처럼
모든 일에 다재다능한 친구다.
그래서 별명은 '요술공주 민키'다.

그리고 또 한 명, 특별공채로 들어온 쫄패가 있다.

윤영현

별명 하마, 본명은 아가씨 같지만
녹색을 제거한 헐크 같은 용모의 사나이다.
내 동생 워너니의 오랜 친구로,
캐나다에서 10년 동안
목조주택을 지어서 분양하는 일을 했다고 한다.
혼자서도 집을 뚝딱 지을 수 있는 능력자다.
쫄깃쎈타를 짓는 데 지대한 도움이 될 것 같았고
건축업자와 우리 사이에서 발생하는
현실적인 문제를 해결해줄 것 같아 특별히 섭외.
독실한 크리스천이기도 해서
항상 베개 옆에 성경책이 놓여 있다.

쫄패들을 뽑고 나니 이건 뭐 쫄깃쎈타가 이미 눈앞에 뚝딱 지어진 것 같았다.

천군만마, 아니 A-특공대를 얻은 듯 든든했다.

Jun-seok

Bruce

Yun-seok

Oh!!

Minki

Mega

Perfect

SG-won-honey

giantjun

hama

고민하는 힘과 고민하지 않는 힘
그 두 가지 힘의 균형이
가장 중요하다고 생각한다.

때론 너무 깊게 생각하지 말고
무조건 판을 벌리는 게 좋을 때가 있다.
어찌 됐든 판만 벌여 놓으면
죽이 되든 밥이 되든
일단 돌아가게 되어 있으니까.

그렇다고 또 매번 아무런 고민 없이
무턱대고 판을 벌일 수도 없는 노릇이다.
결정에 앞서 심사숙고할 수 있다는 것은
인간으로서 누릴 수 있는 축복이다.

재주꾼들을 모으는 재주꾼

쫄패들은 모두 재주꾼이다.

뚝딱뚝딱 잘도 집을 짓는 하마와 민키, 출중한 그림 실력에 맨손으로 문어를 잘도 잡는 브루스, 사업 경험이 많아 쫄깃쎈타의 브레인 역할을 하는 SG 워너니, 사진 잘 찍고 글 잘 쓰고 요리 잘하는 윤석이, 자전거와 컴퓨터에 대해 모르는 것이 없는 효준이와 준석이, 그리고 그동안 쫄깃쎈타를 거쳐 간 여성 쫄패들도 다들 경력이 대단하다.

도대체 이토록 멋진 친구들이 어떻게 내 주위에 모였는지 아무리 생각해도 난 행운아다. 어랏? 잠깐만, 혹시 내게 재주꾼들을 모으는 재주가 있는 건가? 나는 재주꾼들을 모으는 재주꾼인가? 영화 〈엑스맨〉의 빡빡이 자비에르 교수처럼?! 오옷! 이거 되게 멋진 재주잖아! 으쓱으쓱~

쫄깃한 친구들이 모여 쫄깃패밀리가 되었으니 이젠 멋지게 쫄깃빔을 쏘는 일만 남았다!

자! 하나 둘 셋, 힘을 모아 쫄.깃.빔 발사! 뽕~

HAPPY BEAM

시간이 날 때마다 나에게 질문한다.
나는 과연 내 인생을 살고 있는가?

'뭐 남들처럼 살면 되겠지'
가장 위험한 인생은
현실에 안주하는 인생이라고 생각한다.

현.실.안.주.는

인생이라는 술자리 끝에
숙취만 잔뜩 안겨주는

저.질.안.주.다.

좀비영화는 무척이나
좋아하지만
흐 느 적 흐 느 적 좀 비 의 삶
은 싫다.
살 아 있 지 만 죽 어 있 는 삶
을 혐오한다.

마시자,
제주 '맛'걸리

게스트하우스를 운영하는 말레이시아인 친구 아이링이 술 하나를 소개해줬다. 그 술은 다름 아닌 제주도 막걸리.

서울에선 입에도 대지 않던 술이 막걸리였다. 내겐 마실 때마다 목에 '막 걸리는' 술이라 막걸리였다. 미친 듯이 뻘칵뻘칵 마시고 나면 다음 날 아침, 마징가처럼 머리가 짝 쪼개지는 체험을 할 수 있기 때문에.

예전에 제주도에 놀러 왔을 때도 한라산 소주는 많이 마셔 봤지만 막걸리는 꿈도 꾸지 않았다. 게다가 제주 막걸리는 겉모습도 그리 세련되지 않았다. 촌티 작렬 핑크빛 라벨을 허리에 두른 폼이란~ 풋!

그런데 내가 그 맛에 중독되어버릴 줄이야…….

서울에서 마시던 막걸리는 탄산과 단맛이 강했는데 제주 막걸리는 그렇지 않았다. 심심하면서도 당기는 그런 맛이었다. 마치 평양냉면 같은 느낌. 게다가 생유산균이 많이 들어 있다니 왠지 쾌변에 도움이 되는 것 같은 착각도 든다.

사실 막걸리 자체보다 막걸리를 홀짝이며 사람들과 나눴던 여유로운 시간이 재미지고 얼큰해서 더 좋았던 것 같다.

맛있는 술＋맛있는 대화 ＝ 행복!

그래서인지 언제부턴가 우린 제주 막걸리를 제주 '맛'걸리라고 부르기 시작했다.

드디어
공사 시작이다!

2011년 3월 2일, 대망의 공사가 시작되었다. 애초부터 계획했던 대로 건물을 답답하게 감싸던 높은 담들을 모두 무너뜨렸다. 쫄깃쎈타가 누구에게나 오픈된 공간이었으면 하는 바람에서였다. 지나가던 올레꾼이나 여행자들도 앉아서 쉴 수 있고, 동네 어르신들도 앉아서 장기 두는 곳, 제주어로 랩배틀도 할 수 있는 그런 열린 공간으로 만들고 싶었다.

만발하는 유채꽃의 노란색으로 제주도가 염색되는 3월(그런데 유채꽃은 트릭이었다!), 말이 봄이지 이건 봄이라는 두터운 신부화장을 한 겨울이었다. 습기 잔뜩 머금은 바닷바람에 뼛속까지 한기가 스며들고, 손과 발이 땡땡 얼어 감각은 이미 실종된 상태였다.

공사를 시작하면서 우리에게 떨어진 첫째 과제는 지하도 1층도 아닌 쫄깃쎈타 뒷터의 그 어정쩡한 장소가 습기의 공격을 최대한 덜 받게 만들어야 하는 것이었다. 방수처리용 콘크리트 구조물을 만들기 위해 뒷터에 잔뜩 쌓이고, 묻힌 엄청난 크기의 검은 바위들을 모두 옮겨야 하는 무시무시한 작업이었다.

혼자서 들 수 있는 바위는 거의 없었다. 혼자 들겠다고 덤볐다가는 '남자 구

실 못함 자격증 1급'을 손쉽게 딸 수도 있는 노릇이었다. 바위 하나를 캐서 옮기면 눈앞이 하얘지면서 혼이 다 빠져나가는 것 같았고 팔과 다리가 오징어 일촌마냥 후들거렸다.

도대체 얼마나 많은 바위 놈들이 땅속에서 우릴 비웃고 있는지 알 수가 없었다. 온종일 우리가 캐낸 바위들이 빙산의 일각일지도 모른다는 생각에 아찔해졌다. 건축 일을 했던 쫄패 하마가 힘으로 들지 말고 요령으로 들라고 했지만 요령으로 든다고 바둥델수록 바위를 그만 들고 싶다는 요령만 생겼다.

바위들을 치우고 옮기는 작업을 하면서 우린 오랜만에 다 함께 다시 군생활을 하는 것 같았다. 결국엔 어쩔 수 없이 포크레인이 동원되었고, 우리가 일주일 동안 낑낑대며 했던 일을 단 몇 시간 만에 끝내 버렸다. 포크레인이 바위를 스티로폼 들듯 캐내서 옮기는 광경을 지켜보자니 '열심히 올랐더니 이 산이 아닌가벼' 급의 허탈감이 느껴졌고 포크레인을 발명한 이름 모를 분에게 감사의 마음이 몰려왔다.

뒷터 바위 하나 옮기기가 이리도 힘든데 피라미드나 만리장성을 만드는 것은 얼마나 고됐을까. 피라미드나 만리장성이 세계적인 건축물이긴 하지만 그 큰 바위를 꼭대기까지 옮겨야만 했던 그 나라 백성들의 고통을 생각해보니 이집트와 중국의 왕들이 나쁜 놈으로 보였다.

무덤 속에 있을 당신들, 각 잡고 반성하슈!

검은 바위와의 사투

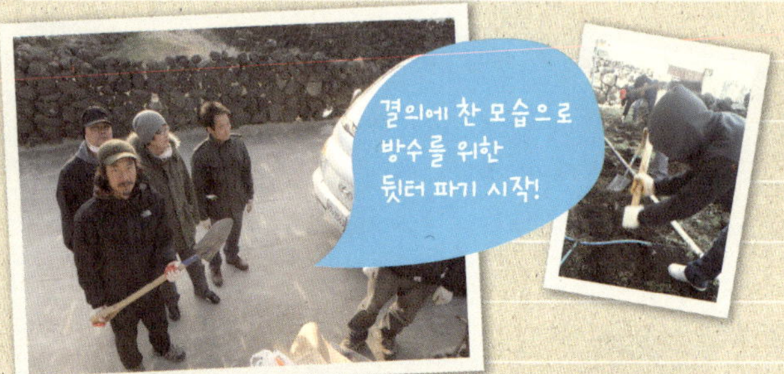

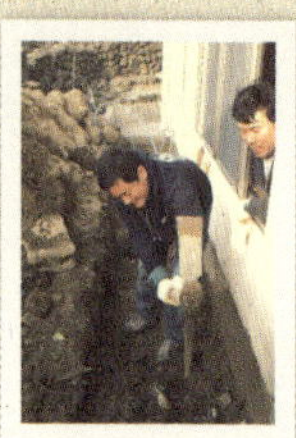

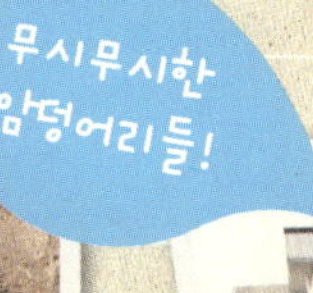

어느새 뒷터를
가득 메우고

사람이
나르기엔
너무 큰…

포크레인
등장!

설렁…

설렁…

마무리
~

허무하게
끝!

막노동의 나날들

기술적인 일은 대부분 우리가 고용한 건축업자와 그의 담당 목수들이 담당했고 우린 힘쓰는 잡일을 도맡아 했다. 사실 쫄패 중에서는 내가 체력이 가장 약했던지라 아이돌 앞 여고생마냥 픽 쓰러지고 싶었지만 그래도 맏형의 체면이 있어서 어금니 꽉 물고 정신력으로 버텨야만 했다. 아프니까 서른 후반이었다.

공사하다가 간간이 휴식을 취하려면 매서운 바람 때문에 모두들 주차장에 세워 놓은 차 안에 꾸역꾸역 들어갔다. 잠시 쉬려고 했다가도 격한 노동의 후유증 때문에 약속이라도 한 듯 곯아떨어지곤 했다.

공사를 시작한 지 3일 만에 마침내 해가 떴다. 해가 뜨니 뭔가 기운이 불끈불끈 솟는 것 같았는데 그것도 잠시. 작렬하는 제주도의 햇살 때문에 금세 온몸이 뜨거워져 이게 또 고역이었다. 그렇다고 옷을 벗고 일하자니 금세 또 추워지고……. 결국 나중엔 옷을 입고 벗는 것도 귀찮아져, 온몸에서 서울역 앞의 그 익숙한 향기가 뿜어져 나왔다.

습기 때문에 시커먼 곰팡이로 도배되어 있던 지하 겸 1층 방의 벽지를 뜯는 작업이 시작되었다. 이곳엔 엄청나게 큰 방이 두 개 있었는데, 한 곳은 영화를

볼 수 있는 극장으로 만들고, 다른 한 곳은 사무실이나 휴게실, 강연실 같은 곳을 만들기로 했다.

원래 2층이었던 건물에 한 층을 더 올리기 위해 지붕을 철거했던 옥상에 콘크리트를 붓는 작업도 했다. 3층엔 2층 침대가 들어갈 기숙사형 방 두 개와 커플룸인 애기공장, 그리고 화장실, 샤워실이 지어질 것이다.

벽지 뜯는 일은 여간 힘든 일이 아니었다. 전에 살던 사람이 벽지를 꼼꼼하게, 성실하게 잘 바르면 나중에 뜯는 사람이 고생하는 법이다. 전에 살던 분의 성실로 우린 실성할 노릇이었다. 특히 천장 쪽의 벽지를 뜯어내는 작업은 목과 허리에 큰 부담이었다. 벽지를 뜯고 나면 벽에서 살짝 간격을 두고 나무와 석고보드로 가벽을 만드는데, 벽과 가벽 사이의 공간이 습기를 차단하고 단열을 강화하는 역할을 한다.

힘든 와중에도 사막의 오아시스 역할을 해줬던 것은 우리의 이야기를 지켜봐주던 사람들의 응원이었다. 트위터에 쫄깃쎈타 공사현황을 실시간으로 계속 올렸더니 많은 분들이 마치 자신이 공사에 참여하고 있는 듯 응원해주었다. 공사장을 직접 찾아와준 분, 제주도에 놀러 왔다가 트위터를 보고 수소문해 찾아온 분도 있었다. 항상 양손 무겁게 온갖 간식과 제주 맛걸리를 사들고 찾아왔다. 맛걸리를 한 박스씩 놓고 간 이름 모를 분도 있었다. 모 밥솥회사에서 일하는 어느 지인은 고가의 최신식 전기밥솥을 기증했다. 덕분에 우린 공사기간 동안 따끈따끈한 밥으로 든든하게 배를 채울 수 있었다.

정신적, 육체적으로 많이 지쳐 있을 때 날아오는 선물들은 '보약' 그 자체였다. 많은 분들이 제주도에 자신의 공간이 지어지는 느낌이었다고 말했다. 이런 고마운 분들이 많아지다 보니 더 열심히 지어야겠다는 의지가 온몸에 활활, 불닭이 되었다. 덕분에 쫄패들 모두 뽀빠이 힘이 솟다 못해 하늘을 찔렀다.

어떻게 하면 그 수많은 고마운 분들께 재미있게 보답할 수 있을까 매일매일 즐거운 고민을 했다. 제주도가 점점 좋아지는 이유가 대자연 덕분인지 사람들과 나누는 따뜻한 기운 덕분인지는 잘 모르겠지만 어쨌든 제주도에서의 삶은 확실히 쫄깃해지고 있었다.

5월이면 제주도 이곳저곳에 고사리들이 작렬한다. 육지에서 보던 비실비실한 고사리가 아니다. 보기만 해도 침이 꼴딱 넘어가는 통통한 초우량 고사리다. 가끔 올레길을 걷다 보면 여기저기 봉지를 들고 고사리 캐기 놀이에 여념이 없는 어르신들을 많이 볼 수 있다. 바쁘게 공사 중이었지만 나름 야금야금 제주도를 즐겼던 쫄패였기에 쉬는 날 비닐봉지를 하나씩 챙겨 들고 고사리를 캐러 인근 숲속으로 향했다. 벌써부터 우리의 머릿속에는 저녁식사 메뉴로 고사리나물과 육개장이 예약되어 있었다.

막상 숲속으로 들어가니 아이고! 고사리가 많다는 얘기는 익히 들었어도 이렇게나 많을 줄이야! 여기저기 고사리 천지다. 고사리가 이렇게 캐기 쉬운 거였나? 고사리가 이리도 흔한 식물이었나? 혹시 제주도 전체가 고사리 양식장은 아닐까?

우린 두 눈을 번뜩거리며 여기저기 똥 누는 포즈로 앉아 고사리를 따기 시작했다. 제주도 기후가 고사리가 자라기에 최적인 건지 고사리들이 참으로 쭉쭉 빵빵!

"와! 우리 고사리 정말 잘 따지 않냐? 고사리 전문 식당이나 차릴까?"

우린 이미 고사리 전문가가 되어 있었다. 바라만 봐도 이미 배가 불러 내일모레 출산 예정이었다. 금세 고사리 든 봉투는 뚱뚱해졌다. 우린 빵빵한 봉투를 살랑살랑 흔들며 개선장군처럼 멋지게 귀갓길에 올랐다.

고사리도 많이 땄겠다. 기분도 좋은데 식당에서 소주로 목이나 축이자! 우린 집 근처 백반집에 들어갔다. 한참 맛있게 밥과 술을 식도로 쏟아 붓고 있는데 식당 아주머니께서 우리 봉투를 보며 물어보셨다.

"어머 고사리 따셨나봐? 대견하네! 총각들이 고사리를 다 알아보고?"

"별로 힘들지 않았어요. 여기저기 지천에 널려 있던데요, 뭐.(자만자만)"

봉투 안을 보시던 아주머니, 갑자기 꺄르르 웃으시더니…….

"아이구! 이 총각들 고사리가 아니라 고비를 잔뜩 따왔네. 깔깔깔!"

"아니, 이게 고사리가 아니란 말씀인가요?!"

"그건 고비예요. 못 먹는 거예요."

우린 먹던 밥이 얹히는 줄 알았다. 망막에 전기가 나갔다. 눈앞이 캄캄해졌다. 고비라니! 내가 고자 …… 아니 고비라니!

결국 우린 잔뜩 딴 고비를 휴지통에 버렸다.

하지만 우린 포기를 모르는 강한 남자들이기에 실수를 교훈 삼아 다시 고사리를 따러 갔다. 역시나 고사리는 초심자들의 눈에는 잘 띄지 않는 얄미운 녀석이었다. 그래도 눈에 쌍라이트를 켜고 하이빔을 뿜으며 열심히 찾으러 돌아다닌 덕분인지 결국 나물 한 접시 해먹을 양을 손에 넣을 수 있었다.

그래서 고사리 나물을 맛있게 먹었냐구? 따뜻한 봄날, 모두들 쫄깃쎈타 공사에 여념이 없는 동안 우리가 땄던 고사리는 봉투 안에서 푹푹 썩고 말았다. 이래저래 우린 고사리 먹을 운명이 아니었던 것이다. 쩝~

쫄깃쎈타 공사를 시작하면서부터 끈덕지게 해오던 장난질이 하나 있다. 그것은 다름 아닌 내 안면근육으로 표현할 수 있는 가장 기괴한 표정들을 트위터에 올리는 것.

처음엔 그저 아무 이유 없었다. 공사하는 게 너무 힘들어서 기분 전환 좀 할 겸 재미 삼아 올렸던 건데 사람들의 폭발적인 반응에 탄력받아 계속 올리게 되

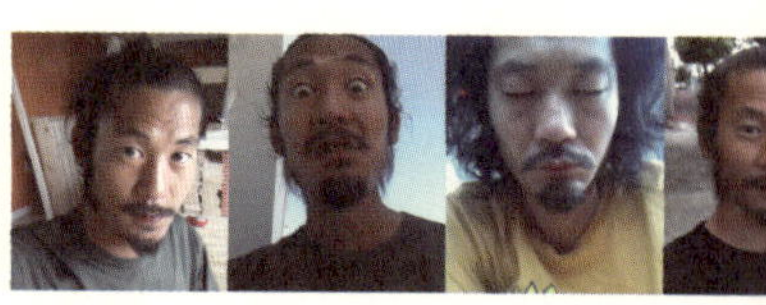

었다. 표정이 기괴하면 기괴할수록 트위터 팔로어 수가 급격히 증가했고 쫄깃쎈타에 관심을 갖는 이들도 더 많아졌다. 물론 뜨악해서 언팔하는 분들도 있었지만 팔로잉 수에 비하면 새 발의 피의 적혈구의 헤모글로빈 정도였다.

사람들이 즐겁게 반응해주니까 나도 덩달아 즐거웠다. 얼쑤~ 결국 난 오버를 해서 불철주야 더욱 자주 기괴한 표정 사진들을 올렸고 사람들도 나를 모방해서 기괴한 표정을 트위터에 올리기 시작했다.

항상 나의 트위터를 지켜보시던 부모님은 답답할 노릇이었다. 공사에나 집중할 것이지 도대체 왜 그런 표정을 올리냐는 것이었다. 난 그냥 재미있어서 스트레스 풀 겸 올리는 거라고 말씀드렸다. 그리고 재미있게 놀다 보면 좋은 결과가 나오지 않겠냐고. 물론 씨알의 세포 정도도 먹히지 않는 얘기였다.

시작은 한 떨기 장난이었으나 점점 일이 커졌다. 한때 트위터 상의 많은 사람들이 나의 기괴한 표정을 그림으로 표현해서 올리는 게 엄청난 붐이 되기도 했다. 이는 국내 신문기사는 물론 외신에까지 소개될 정도였다. 결국 내가 재미있어서 올렸던 기괴한 사진들 덕분에 나의 트위터 계정은 더욱 유명해졌고 팔로워 수가 폭발적으로 증가했다. 그래서 결국 간접적으로 쫄깃쎈타를 홍보하는 데 큰 도움이 된 것이다. 덕분에 안면에 자글자글 주름이 많이 생기긴 했지만 재미있으니까 상관없다.

난 이런 과정으로 일이 진행되는 게 너무나 즐거웠다. 비록 별 의미 없고 진지하지 않다고 해도 내가 신이 나서 하던 장난이 결국엔 이익으로 연결이 되는 것, 이건 정말 짜릿한 과정이었다. 돈을 떠나서라도 충분히 의미가 있었다.

나의 엽기적인 표정이 쫄깃쎈타를 짓는 데 큰 도움이 되었으니 참으로 신기할 노릇이었다.

막힘없이 공사가 진행되던 어느 날, 몇 가지 심각한 문제들이 불거져 나오고 말았다. 쫄패들 사이에서 불만이 터져 나온 것이다!

첫째는 나와 워너니, 브루스를 제외한 나머지 쫄패들의 숙소 문제였다. 우리 모두 함께 먹고 자고 일하는 건 줄 알았는데 왜 나와 워너니와 브루스만 따로 사는지 이해가 안 된다는 것이었다. 공사장에서 최대한 가까운 곳에 지내게 해서 출퇴근할 때 편하게 만들어주자는 뜻이었지만 생각해보니 확실히 오해를 살 수 있는 처신이었다.

이왕 이렇게 된 거 바로 문제의 민박집을 빼고 쫄패 여덟 명 모두 모슬포에 있는 집으로 합쳤다. 비록 방은 두 개밖에 없었지만 함께 견디며 지내기로 했다. 함께 살 곳의 면적 따윈 상관없었다. 바로 지금 모두 함께 지낸다는 사실이 더 중요했던 것이다.

8명의 쫄패들이 그 좁은 투룸에서 생활하는데 한 번도 트러블이 일어나지 않았다는 건 지금 생각해도 신기하다. 다들 알아서 솔선수범, 제 역할을 제대로 해냈다. 절대로 상하관계가 아니라 모두 동등한 관계였다. 누군가 청소를 하고 있으면 누군 빨래를 하는 식이었다. 쫄패들 모두 찰떡궁합이었고 이건 정말 쫄 깃쎈타의 축복이었다.

하루는 일용직으로 고용되어 미장일을 하시던 인부 아저씨가 내게 의아한 눈빛으로 물었다. 어떻게 '무보수'로 와서 일할 수가 있냐는 것이었다. 그리고 혹시 우리가 '종교단체'는 아니냐고 물었다. 아이쿠!

그렇지 않아도 술자리에서 쫄패들에게 물은 적이 있다. 넉 달 동안 무보수로 일하는데 전혀 불만이 없냐고. 그때 막내 민기가 했던 말이 아직까지 가슴 한편에 남아있다.

"아마 돈을 줬더라면 우린 이 일을 하지 않았을 거예요."

숙소를 하나로 합치면서 우리 쫄패의 관계는 더욱 단단해졌다. 비록 집은 더 좁아졌지만 서로를 위한 각자의 마음은 예전보다 넓어졌다.

둘째 문제는 건축업자와의 계속되는 갈등이었다. 원래 한 달 반에 완공 예정

이었던 공사가 양측의 갈등으로 계속 미뤄진 것이다. 경험이 많았던 하마는 흔히 있는 일이라고 했다. 결국 한참 공사가 진행되던 어느 날, 단단히 화가 난 건축업자가 함께 일하던 목수들을 데리고 공사 중단! 철수해버리는 사태가 벌어지고 말았다. 처음엔 눈앞이 캄캄했지만 우린 수많은 고민 끝에 결론을 내렸다. 남은 공사를 우리 힘으로 직접 하자! 애초에 한 달 반이었던 공사기간은 결국 넉 달로 늘어났고 비용, 체력 모두 배로 들었지만 장점도 있었다. 건물을 짧은 일정에 맞춰 대충대충 짓는 게 아니라 하나하나 꼼꼼히 우리의 힘과 정성으로 지을 수 있었던 것이다.

'이 계단은 내가 만들었다, 이 벽은 내가 만들었다, 이 침대는 내가 만들었다……' 나중에 완성된 쫄깃쎈타를 보면 메가톤급 뿌듯함을 느낄 수 있겠지! '자기가 먹을 음식엔 절대로 조미료를 넣지 않는 법!' 꼼꼼하게 야무지게 튼튼하게 지을 수밖에 없었다.

공사 일정이 중반을 넘어가고 있을 무렵 새로운 문제가 또 터져 나왔다. 바로 이웃주민들의 곱지 않은 시선이었다. 한 달 반이었던 공사 일정이 넉 달로 늘어나면서 점점 민감해지기 시작한 것이다. 물론 공사장에서 발생하는 소음과 먼지 때문에 우리도 죄송스러운 마음이 굴뚝같았다.

쫄깃쎈타 앞엔 주차장이 하나 있었는데 동네 공용 주차장이었다. 어쩔 수 없이 그곳에 공사 차량이 들어서거나 공사 자재를 놓을 수밖에 없었는데 특히 이 문제로 몇 차례 동네주민들이 항의하는 일이 있었다.

난 트위터에 이 문제에 대해 올렸고 많은 분들이 조언을 주었다. 새로운 곳에 정착하려면 흔히 있는 일이니 동네 전체에 일단 떡이나 한번 돌리고 대화로 잘 해결하라고.

떡 얘기가 나왔으니 우린 바로 떡을 돌리기로 했다. (처음에 난 진지하게 '필라델피아 치즈케이크'를 돌리자고 했으나 노인분들은 당뇨가 많아서 오히려 주적으로 몰릴 수도 있다고 해서 포기했다)

동네 전체에 열심히 떡을 돌리고 났더니 역시나 확실한 반응이 왔다. 동네 분들의 항의가 눈에 띄게 줄어든 것이다. 너무 눈에 띄게 줄어 신기해서 웃음까지 나왔다. 그런데 며칠 후, 또 다른 항의가 들어왔다. 어떻게 된 거지?!

떡을 못 받았던, 떡의 힘이 못 미쳤던 동네분이었다.

아이고~ 세상에! 입이 떡 벌어졌다!

화장실을 해결하자

공사를 진행하면서 근처 민박집 화장실을 쓰고 있던 쫄패들. 어느 날 느닷없이 그곳을 못 쓰게 되면서 우리의 항문은 봉인될 위기에 처하고 말았다. 결국 멀리 해수욕장에 있는 공용 화장실까지 부랴부랴 자전거를 타고 가서 해결하는 수밖에 없었다.

가끔 지난밤의 과음 때문에 항문 끝에 급설(급성설사)이 장착되어 있는데 쫄패 중 누군가가 이미 하나밖에 없는 자전거를 타고 화장실을 가버린 상태면 아름다운 제주도의 자연 따윈 눈앞에 보이지도 않았다.

지옥이었다.

몇 차례 그런 일이 있다 보니 아예 기저귀라도 차고 일하고 싶은 심정이었다. 그래서인지 공사 중 가장 쾌재를 불렀을 때는 다름 아닌 쫄깃쎈타 안에 화장실이 만들어졌을 때였다!

제주도 땡볕의 위력

여전히 날씨는 추웠지만 햇볕도 워낙 강했기 때문에

우린 점점 '흑인 가족' 이 되어가고 있었다.

제주도의 무자비한 자외선의 위력을 온몸으로 실감하고 있었다.

아무리 선크림을 쳐덕쳐덕 발라도 구워질 고기에 바른 양념일 뿐이었다.

구릿빛 피부의 사나이들이 되어

멋지지 않냐는 말도 있었지만

사실 우리의 용모는

그저 구릿구릿 구릴 뿐이었다.

주6일제
엘레강스 노동자

매일매일 우린 직접 공사장에서 점심을 만들어 먹었고 때론 쫄깃쎈타를 찾아온 손님들과 함께 제주 맛걸리를 반주 삼아 맛있게 식사를 했다. 밥을 먹었으면 또 쌉싸롬한 커피 한잔이 땡기는 법! 바리스타 자격증이 있던 막내 민기와 한참 드립커피를 배우던 브루스 덕분에 우린 공사 때문에 힘들고 바쁜 와중에서도 엘레강스하게 맛있는 커피를 내려 마시는 여유를 만끽할 수 있었다. 캬~

　　완공이 급해도 일주일에 한 번, 일요일엔 꼭 쉬려고 했다. 쫄패 하마와 민기가 예배를 드리러 교회에 나가야 했고 충분히 휴식을 취해줘야 다음 날 또 열심히 일할 수 있기 때문이다. 월요일에 비가 온다는 소식이 있으면 가끔은 일요일에도 울며 겨자 먹기로 무너지는 몸을 이끌고 일을 하러 나가야만 했다. 날이 점점 따뜻해지고 비가 오는 횟수가 점점 늘어나면서 그때마다 공사를 쉬어야 했기 때문에 불안해지기 시작했다. 물론 농사짓는 분들을 위해선 더 많은 비가 와야 했지만 어서 빨리 쫄깃쎈타를 지어야 한다는 조바심에 제발 비 좀 오지 말라고 기도하는 내가 참 바보 같았다.

에잉, 바쁠수록 돌아가라는 옛말도 있지 않은가! 한 템포 쉬어가는 것도 결국엔 멋진 쫄깃쎈타를 짓는 데 큰 역할을 하게 될 것이다. 여유로움 또한 쫄깃쎈타의 벽돌 하나라고 여기기 시작했다.

일이 없는 날이면 우린 함께 낚시를 하거나 올레길을 함께 걸었고 밤새 신나게 술판을 벌이며 이야기꽃으로 화훼단지를 조성하기도 했다. 강요는 없었다. 누구

든 하고 싶은 게 있으면 하고, 함께 하고 싶으면 동참하고 그게 다였다. 단순했다.

직종이 '믿음직'인 쫄패들과 매일매일 함께 땀 흘려 일하고 또 공사현장을 방문해준 고마운 분들과 신명나게 어울리고……. 만약

나 홀로 제주도에 내려왔다면 난 결코 적응을 하지 못했을 것이다. 타인과 함께 어울리고 서로의 취향을 존중해주고 또 힘을 모아 같은 방향으로 뜻있게 하루하루 나아가면서 난 위안을 얻고 교훈을 얻었고 또한 자신감을 얻었다.

공사가 진행되면서 매순간순간마다 현장의 상황을 꾸준히 트위터에 올렸다. 공사현장엔 매일같이 기적처럼 간식이 잔뜩 들어있는 택배상자들이 배달되었고 난 직접 응원차 방문한 분들께 공사현장 이곳저곳을 안내하느라 매일 똑같은 멘트를 반복해야만 했다.

어느 순간부터 쫄깃쎈타는 우리 쫄패들끼리 짓고 있었던 것이 아니라 온라인상에서 우릴 응원해 주시는 모두와 함께 짓고 있었던 것이다.

제주도에서 돌담은 감귤만큼이나 흔히 볼 수 있다. 요즘은 시멘트로 이어붙인 돌담이 대부분이지만 조금 나이를 먹은 돌담은 1g의 접착제도 쓰지 않고 그저 대충대충 쌓아 올려놓은 투박한 모양새다. 각지고 네모난 벽돌이 아니라 그야말로 못생긴 돌들을 쌓아 올렸기 때문에 여기저기 빈틈이 며칠 안 씻은 콧망울 모공마냥 참 많다.

희한한 것은 설렁설렁 대충대충 돌을 쌓았을 뿐인데 아무리 거센 바람이 불어와도 쉽사리 무너지지 않는다는 것이다.

쫄깃쎈타를 짓고 나서 중형급 태풍을 몇 차례 겪어 봤는데 그 우악스러운 놈이 지나갔는데도 무너진 돌담은 하나도 없었다. 대충 쌓아놓은 돌담의 빈틈으로 바람이 빠지기 때문에 충격을 줄일 수 있어서 무너지지 않는 것 같다.

빈틈이 많아서 무너지지 않는 돌담을 볼 때마다 사람도 저 돌담처럼 마음속에 빈틈과 여유가 많다면 그 어떤 거대한 고난과 역경의 바람이 불어와도 절대로 무너지지 않을 거라는 생각이 든다.

Jeju
island

쫄깃쎈타는 점점 우리가 상상했던 완전체에 가까워지고 있었다.

새하얀 외관은 나름 그리스 산토리니에 있을 법한 건물 느낌을 주려고 시도해본 것인데 사실은 페인트값도 아끼고 나중에 보수할 때 최대한 편하게 하고 싶어서 하얀색 페인트로 칠한 것이다. 며칠에 걸쳐 새하얗게 칠하고 나니 약간 저렴해 보여서 우리끼리 '싼' 토리니 컨셉이라고 부르며 박장대소했다.

이젠 바닷바람이 제법 따뜻했다. 쫄깃쎈타 거실 책장의 페인트 작업도 모두 끝났다. 유채꽃 색의 책장에 꽂히게 될 책들, 옥빛 바다를 바라보며 읽게 될 수많은 마음의 백반들을 생각하니 벌써부터 머릿속이 기분 좋게 불러 올랐다. 꺼윽~ 그리고 공사가 진행되는 내내 미리 트위터에 쫄깃쎈타 책꽂이에 꽂히게 될 책들을 기증해달라는 글을 줄기차게 올려온 덕분에 하루에도 몇 상자씩 책들이 쫄깃쎈타에 도착했다. 정말 고맙고 놀라웠다.

천장은 협재 옥빛 바다를 닮은 옥색으로 결정. 우린 협재 바닷속의 자리돔이라도 된 것 같았다.

부엌은 식욕을 자극하는 귤색으로 마무리~

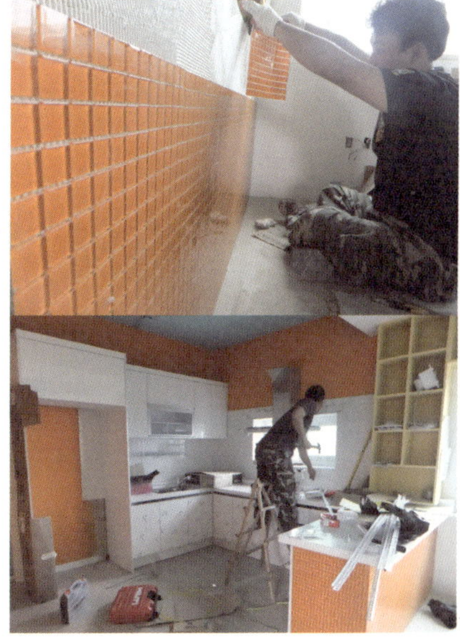

쫄깃쎈타 공사를 시작하면서 처음 건물의 외벽을 봤을 때 막연하게 저곳에 벽화가 들어갔으면 좋겠다는 생각을 했다. 내 만화의 캐릭터를 넣자, 쫄패들의 얼굴을 넣자, 비양도와 해녀를 그려 넣자, 한라산을 그려 넣자, 여러 가지 의견이 있었다.

한참 공사에 땀을 흘리던 어느 날 낮술 한잔 걸친 것도 아닌데 쫄깃쎈타 외벽이 갑자기 고래로 보이기 시작했다. 아니, 벽은 고래 그 자체였다! 다른 사람에게도 물었다. 저 벽이 고래로 보이지 않냐고……. 고래로 보인다는 사람도 있었고 너무 억지라는 놈도 있었다. 결국 내가 생떼 부리며 밀어붙여서 벽 전체를 고래로 만들기로 했다.

지금은 쫄깃쎈타의 마스코트가 된 푸른 고래는 쫄패 브루스의 작품이다. 브루스는 미대 출신이다. 강사 노릇도 6년 동안이나 했고, 벽화 그리기 아르바이트 경험도 많았다. 그런 브루스에게 벽에 고래 한 마리 그려 넣는 건 서울대 수학과 장학생이 구구단 1단 외우기나 마찬가지였다.

커다란 밀짚모자를 쓴 브루스는 자외선 듬뿍 머금은 제주도의 뜨거운 땡볕

아래 제주 맛걸리로 목을 축이면서 며칠 만에 뚝딱 고래 한 마리를 자연출산 했다. 살짝 재수 없지만 별로 힘들지 않았다고 했다.

이름도 지었다. 옥빛 고래라서 '옥경이'! 이름이 너무 촌스럽다고, 태진아가 떠오른다고 반대했지만 역시나 나의 고집으로 밀어붙였다. 완성된 옥경이를 보면 마치 쫄깃쎈타를 등에 지고 협재 앞바다를 향해 헤엄치는 것 같다.

헉! 이러다 언젠가 정말 게스트들이 잠든 사이에 옥경이가 쫄깃쎈타를 업고 바다로 헤엄쳐 가는 거 아냐?!

후덥후덥 여름의 기운이 물씬 느껴지던 6월 말, 마침내 그토록 고대하던 쫄깃쎈타의 모든 공사가 끝났다. 순간순간 최선을 다했기에 쫄패들 모두 만족지수 100점 만점에 120점! 사실 난 쫄깃쎈타가 완성되지 않아도 실망하거나 후회하지 않았을 것이다. 쫄패들과 다함께 힘을 합쳐 구슬땀을 흘렸던 소중한 그 순간들이 나에겐 빅재미였고 빅보람이었다.

결과 따위보단 과정이 중요했다.

쫄깃쎈타 공사와 함께 자연스럽게 제주도 정착에 성공하면서 결국은 내가 실질적으로 무엇을 얻었다는 게 중요한 게 아니라 내가 가지고 있었던 무엇을 놓았느냐가 더 중요했다. 그러고 보면 쫄깃쎈타를 지으면서 난 만화를 그리는 기분이었던 것 같다. 쫄깃쎈타가 마감해야 할 원고라면 나를 비롯한 쫄패들 한 명 한 명은 내가 그리는 만화를 멋지게 이끌어 나가는 캐릭터들이었다.

일단은 '쫄깃쎈타'라는 원고가 해피엔딩으로 끝나서 다행이다. 만화를 그리는 과정에 만족해야 결국 좋은 원고를 얻을 수 있는 법! 어쨌든 '쫄깃쎈타'라는 원고는 완성되었고 이젠 독자들의 평가를 받는 순간만이 남았다.

2011. 3. 3
2011. 3.28
2011. 6. 8
2012. 3.18

쫄깃쎈타 정식 오픈일은 7월 8일.

그래도 처음 게스트들을 맞이하는 건데 '이벤트' 가 빠질 순 없지.

그리하여 7월 1일부터 일주일 동안 '오픈 하우스' 기간을 가졌다. 그 일주일 동안 쫄깃쎈타에 오는 모든 게스트들은 기간에 상관없이 얼마든지 무료로 묵을 수 있도록 했다.

무료! 공짜! 듣기만 해도 염통 설레는 두 글자. 하지만 너무 좋아하면 대머리 일촌 되는 수가 있다구~ 세상에 공짜가 어디 있겠어. 오픈 하우스 기간을 통해 쫄깃쎈타를 운영하면서 생기는 여러 문제점들도 보완하고 묵었던 사람들의 입소문을 통해 자연스럽게 쫄깃쎈타를 전국 방방곡곡에 알리고 싶었다.

쫄깃쎈타 앞을 지나가던 여행자들도 일부러 불러서 묵게 했다. 매혹녀 여행자들은 나도 모르게 추격까지 해가면서 포박해왔다. 지나가던 외국인 여행자를 불러 하룻밤 묵게 한 적도 있는데 알고 보니 락밴드에서 드럼을 친다는 영국 청년이었다. 오픈 이벤트로 무료로 숙박할 수 있다고 했더니 고맙다며 자신의 CD를 선물로 줬다. (음악은 내 취향이 아니었지만……)

오픈 하우스 기간 동안 다양한 연령대의 수많은 게스트들이 쫄깃쎈타에 찾아왔다. 모든 방이 매일같이 거짓말처럼 꽉꽉 들어찼다. 매일 밤마다 들썩들썩 지화자! 정열의 제주 맛걸리 파티가 벌어졌다.

길을 걷다가 삐끼삐끼 나의 부름을 받고 호객호객 묵게 된 게스트들도 있었지만 그동안 트위터와 블로그를 통해 쫄깃쎈타가 지어지는 모든 과정을 따뜻한 눈빛으로 지켜보고 응원해왔던 게스트들이 대부분이었다. 이들은 제주도에 자기 집이 생긴 것마냥 가슴 뿌듯해했다.

부랴부랴 마감 공사 하느라 아직도 공사가 덜 끝난 것처럼 부족한 점이 많은

데 이렇게 찾아와주고 축복해주니 아우! 이렇게 고마울 수가. 수많은 게스트들로 인해 당장이라도 폭발할 것 같은 쫄깃쎈타 거실을 보며 감동의 눈물과 콧물이 2열 종대로 흘러내리는 것 같았다.

오픈 초기라 정신없는 나날의 연속이었다. 하루가 24시간이 아니라 2.4초 같았다. 하루가 지나가는 게 그렇게 빠를 수가 없었다. 게다가 나, 브루스, 워너니, 준석이 이렇게 넷이 예약받기, 게스트 안내, 청소, 빨래, 그 밖의 잡일 등 모든 일을 도맡아 해야 했기 때문에 육체적으로 무척 힘들었다. 그리고 유독 여자 게스트들이 많으니 모든 공간에 최대한 청결함을 유지하고 싶었다.

일단 화장실 청소는 내가 맡아서 했는데 반짝반짝 깨끗한 화장실이야말로 모든 업무의 기본이라는 평소 나의 '깔끄미즘' 때문이었다. 매일 오전 11시면 수세미에 세제를 듬뿍 묻혀서 마치 음식을 담았던 접시마냥 뽀득뽀득 열심히 닦았다. 화장실 청소만 끝나면 난 한 떨기 녹초가 되어 버렸다. (그래서 지금도 쫄깃쎈타 하면 화장실이 참 깨끗한 곳이라는 평을 받는다)

아침 식사에 '메뚜기 수프'가 제공되는 것도 이때 시작되었다. 원래는 쫄패 막내 민기가 우연히 끓였던 인스턴트 수프에 내가 제주도산 감자, 양파, 고추, 마늘을 넣어서 (최근엔 마카로니까지) 완전히 새로운 스타일로 업그레이드 시켰는데 반응이 무척 좋아서 계속 주력 메뉴로 밀고 나가기로 한 것이다.

쫄깃쎈타 공사를 시작할 무렵엔 메마르고 앙상한 나무였던 '민효림'은 (개인적으로 여배우 '민효린'을 매우 좋아해서 붙인 이름) 어느덧 초록빛 옷을 잔뜩 껴입고 싱그러운 자태를 뽐내고 있었다.

그렇게 2011년 7월 8일 쫄깃쎈타는 쫄깃하게 정식 오픈을 했다. 정말 2012년
에 종말이 오더라도 별로 아쉽지 않을 정도였다.

쫄패들 모두 감개무량수전 배흘림 기둥서방이라도 된 것 같았다.

내 인생을 살려면 날 믿어야 한다.

세상에 믿을 놈 하나 없다지만
반드시 나 자신만은 믿어야 한다.

나를 믿지 못하는 그 순간
위험한 인생은 시작된다.

2011. 7. 5 여기는 홍대인가 합정인가

3장

여기는
쫄깃쎈타

쫄깃교주 가라사대!

쫄깃은 단단의 절제요.

흐물의 분발이니

쫄깃함이 곧 중용의 도라

쫄깃하면 복이 오며

쫄깃하면 평화로울 것이니

쫄깃함이 더하도록

쫄깃하도록 하라.

- EBS 세계테마기행 PD 탁재형

Congratulation
2011년 7월,
대망의 쫄깃쎈타가 오픈했다!
(크게 망한다의 '대망ㅊㄷ' 말고!)

다행이라서
다행이야 1

우중충한 날씨로 범벅이 되어 있던 어느 날 쫄깃쎈타 지하

벙커 작전상황실에서 이런저런 일을 처리하고 있던 중

이었다. 갑자기 쫄깃쎈타 앞마당에서 웅성거리는 소리

가 들려왔다. 무슨 소리지, 하고 나가봤더니 쫄패들과 게

스트들이 무엇인가를 둘러싸고 대화를 나누고 있었다. 가까이 가서 들여다보

니 여기저기 꼬질꼬질 때가 낀 하얀 솜사탕 하나가 좌비틀 우비틀 꿈틀거리고

있었다.

　강아지였다. 제대로 걷지도 못하고 낑낑댔다. 까만 두 눈엔 불안함이 가득했

다. 사람들의 설명을 들어보니 누군가가 버리고 간 듯했다. 쫄패 번개소녀가 번

쩍 들어 안았더니 가슴에 뜨거운 오줌을 갈겼다고 했다. 수컷이었다.

　사람들이 내게 말했다.

　"쫄쎈에서 거두는 게 어떨까요?"

　난 빛의 속도로 이렇게 대꾸하고 싶었다.

　"싫어요. 우리가 왜?!"

어려서부터 난 개를 좋아하지 않았다. 나에게 개란 무한반복 팔랑 꼬리를 지닌 그저 귀찮은 존재였다. 그렇다고 개에게 돌을 던지거나 발로 차는 학대를 저지르진 않았지만 개란 동물은 그저 마당에서 라면밥이랑 자기 똥이랑 분간 못하며 먹다가 결국 보신탕집에 식료품으로 팔려가는 그런 존재인 줄로만 알았던 것이다.

초등학교 때 화씨 6,000도의 교육열을 지닌 어머니의 강요로 뚱땅뚱땅 피아노를 배운 적이 있었다. 무려 6년 동안 배웠음에도 불구하고 체르니 40번까지밖에 치지 못했으니 정말 울며 겨자 복용하기로 배웠던 거다.

내가 다니던 피아노 학원의 선생님은 호랑이의 습성을 지닌 선생님이었다. 연주하다가 조금만 실수해도 30센치 자로 여린 손등을 사정없이 내리쳤다. 퍽!

선생님은 학원에 치와와 한 마리를 키웠는데 녀석은 똥오줌 도배사 자격증 1급 소지자였다.

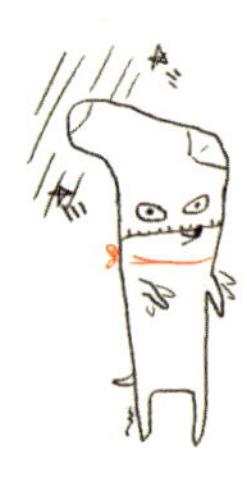

학원 이곳저곳엔 녀석의 똥과 오줌으로 부비트랩이 설치되어 있었다. 학원 갈 때마다 난 꼭 한 번씩 녀석의 오줌으로 내 양말을 적시는 끔찍함을 겪어야만 했다. 발바닥을 깜짝깜짝 적셔대던 그 차가운 오줌의 트라우마 때문인지 어려서부터 난 개가 너무너무 싫었다. 특히나 집안에서 키우는 개는 이해할 수가 없었다.

본격적인 만화가 생활을 하다 우연한 기회에 고양이를 키우게 되면서 더욱더 난 개를 키울 수 없을 거라고 굳게 믿게 되었다. 새침의 아이콘인 고양이는 만화 작업하는 데 아무런 지장이 없었지만 개는 아등바등 달려드는 탓에 작업에 방해가 될 것만 같았다. 주위에도 개를 키우는 만화가보다는 고양이를 키우는 만화가들이 월등히 많았다. 그랬던 나였으니 꼬물꼬물거리는 그 솜사탕이 동공에 들어올 리가 만무했다.

난 그 꼬물대는 솜사탕을 들어 올려
가만히 까만 눈을 바라봤다.
잉? 이 녀석 사시구나.
한쪽 눈은 다른 곳을 보고 있었다.
그런데 이 녀석이 나에게
다른 한쪽 눈으로 정확히
무언의 요청을 보내는 게 느껴졌다.

나.를.보.살.펴.줘.요.
살.고.싶.어.요.

　녀석의 눈망울은 잔잔했던 내 가슴속 호수에 수류탄을 던지고 있었다. 솜사탕을 찍어 트위터에 올렸더니 트위터에서는 한마디로 '개난리'가 났다.

"누가 버리고 갔을까요? 너무 못됐네요."

"메가님이 꼭 보살펴주세요."

"메가님이 거둬주세요. 너무너무 불쌍해요."

"메가님이 건강하게 키워주리라 꼭 믿고 있을게요."

　어라? 이거 뭔가 소개팅 나가서 상대방 몰래 신명나게 코 후비다가 들켜서 빼도 박도 못하는 상황이 되고 있었다. 쒧!

　그래, 며칠 보살펴 주다가 주인이 나타나면 돌려주거나 입양하고 싶은 분이 생기면 바로 보내지 뭐, 라고 생각했는데 그건 실수였다.

　일단 솜사탕을 쫄깃쎈타 지하벙커 작전상황실로 데려가서 바닥에 내려놓았다. 몹시 지쳤는지 아님 배가 고픈 건지 제대로 서 있지도 못하고 바들바들 떨고 있었다. 어떻게 해야 할지 모르고 있는데 주위에서 일단 설탕물을 가져다가 손가락에 묻혀서 먹여보라고 해서 바로 시도해 봤다. 처음엔 경계하더니 결국 설탕물이 발라진 내 손가락을 할짝할짝 핥기 시작했다. 그런데 녀석이 따뜻한 혀로 내 손가락을 핥으면 핥을수록 이거 뭔가 내 염통 한구석에서 따뜻한 수증기 같은 놈이 막 뿜어져 나오기 시작했다. 종이상자 안에 수건을 깔고 임시거처를 마련해줬다. 처음엔 들어가지 않으려고 해서 "너 찬 바닥에 자면 입 돌아간다!"며 두 손으로 들어서 억지로 넣어버렸다. 솜사탕은 잠시 여기저기 킁킁 냄새를 맡더니 그대로 픽 쓰러져서 뻗어 버렸다.

무슨 안 좋은 기억이라도 있었는지 자면서 괴상한 신음소리를 내며 온몸을 연신 부들부들 떨었다. 확실히 어딘가 아파 보였다. 차가 있는 쫄패 브루스에게 부탁해 동물병원에서 진단을 받아다 달라고 했다. 그리고 몇 시간 후……. 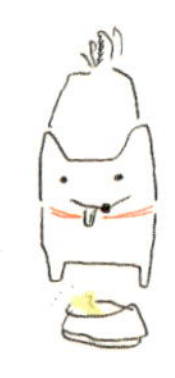

청천벽력 같은 얘기를 들었다. 뱃속에 기생충이 너무 많아 복수까지 가득 찬 상태라서 일단 약으로 기생충부터 없애야겠지만 아마 일주일이 고비일 거라고 했다. 그 얘기를 들으며 다시 녀석의 눈을 봤는데 갑자기 그때! 반드시 이 녀석을 살려내고야 말겠다는 의지가 빈속에 들이킨 폭탄주 때문에 솟는 위액처럼 염통 속에서 마구 용솟음쳤다.

계속 솜사탕이라고 부를 수는 없어 예쁘고 건강한 이름을 지어주고 싶었다. 평소에 무술배우를 좋아하는 브루스가 동물병원에서 자기 마음대로 컴퓨터에 '성룡이'라고 입력했다고 만족스러워했다.

무시했다. 성룡이가 뭐냐, 성룡이가.

"그래, 트위터에 사진과 사연을 올려서 트위터 친구들에게 이름을 지어달라고 해보자."

트위터에 글을 올렸더니 바로 다양한 이름들이 쏟아져 나왔다. 그중 내 지인
이 보내준 이름이 가장 마음에 들었다.

"살아있어서 다행이니 다행이라고 짓는 게 어떨까?"

오! 다.행.이. 정말 멋진 이름이었다. 이름을 지어줬
더니 역시나 녀석에 대한 책임감으로 염통이 더욱 단
단해졌다. 일단 다행이가 살아줬으면 좋겠다. 보란
듯이 일주일 고비를 넘겨서 팔짝팔짝 뛰어다니는 모
습을 보고 싶다! 녀석과 함께 해변을 산책하면서 예
쁜 아가씨들이 다가와서 "어머 이 개 이름이 뭐예
요?"라며 묻는, 그런 시츄에이션을 즐기고 싶다!

두근두근! 그렇게 꼬물꼬물대던 솜사탕은 '다
행이'라고 불리게 되었다.

다행이에게 병원에서 처방받아온 약을 하루 세 번 꼬박 챙겨 먹였더니 녀석의 뱃속을 무단점거하고 있던 기생충들이 그 가공할 만한 비주얼을 드러내기 시작했다. 까만 똥에 야무지게도 박혀 있는 새하얗고 기다란 회충들을 보니 가슴이 찢어지는 것 같았다. 그동안 뱃속 가득 저런 숭악한 녀석들이 윤택한 삶을 누리고 있었으니 다행이는 얼마나 괴로웠을까?

처음엔 설탕물만 간신히 핥아 먹던 다행이는 점점 설탕물 원샷이 가능해지면서 빠른 속도로 식욕이 붙기 시작했다. 다행이는 식탐크루즈였다. 사료 빨아들이는 진공청소기였다.

어느 날 우연히 다행이의 배를 만져봤는데 너무 빵빵하고 딱딱했다. 확실히 뭔가 문제가 있는 듯 보였다. 느닷없이 토악질을 하기도 했다. 혹시 망할 놈의 기생충들 때문에 복수가 차올라서 그런 걸까? 가슴이 콩당콩당 뛰었다.

급히 제주시에 있는 동물병원으로 날아갔다. 그리고 의사선생님으로부터 충격적인 얘기를 들었다. 다행이의 배가 심각하게 차오른 원인은!

그 후 다행이는 하루 세 번씩 정량 배식을 받게 되었다. 하루 세 번 시간 맞춰 밥을 먹여야 하니 나에겐 신경 쓸 일이 더 생긴 셈이었다. 다행이 네 덕분에 내가 다 부지런해지는구나! 트위터를 통해 다행이의 성장 과정을 지켜봐 오던 전국의 많은 애견인들이 다행이의 간식과 장난감들을 쫄깃쎈타로 보내주셨다.

다행이가 부러웠다.

강아지의 성장 속도는 정말 빠르다. 처음엔 그냥 몸에 장식품처럼 달려있는 듯했던 짧디짧은 다리가 재크의 콩나무처럼 빠른 속도로 쑥쑥 자라났고 납작했던 콧날도 점점 날카로워졌다. 머리를 살포시 덮고 있던 만두피 같던 귀도 어느 순간부터 새싹처럼 쫑긋 솟아올랐다. 지금은 한 군데만 강아지용 패드를 깔아놔도 그곳에만 오줌을 눈다. 영특하다!

밥 먹기 전에 기다려! 외치면 언제까지나 기다릴 줄 알고 손! 하고 외치면 내 손에 자신의 털뭉치 손을 살포시 올려놓는다. 귀여워!

　처음에 데려왔을 땐 나조차도 경계하던 다행이였지만
점점 경계를 풀더니 결국엔 졸음이 밀려오면 내 발밑에
서 웅크리고 자기 시작했다. 덕분에 의자를 뒤로 뺄 때마
다 아래쪽을 살펴보는 버릇이 생겼다.

　아~ 이 녀석 그동안 엄마 품이 그토록 그리
웠던 모양이구나.

　발밑에서 못 자게 하면 밤마다 하도 낑낑
대는 바람에 난 침대 밑으로 무릎을 굽히
고 발을 바닥에 붙이고 자는 방법까지 동
원했다. 당연히 깊은 잠에 빠질 수가 없었
다. 다행이가 통실통실 살이 오르고 건강
해질수록 난 밤잠을 못 이루고 야행성 폐인
이 되어갔다. 다행이 뒤치다꺼리를 하느라
밤을 꼴딱 새우고 그대로 아침식사를 준비하
는 일도 빈번해졌다. 내 머리털은 점점 빠지
고 있는데 다행이의 털은 점점 풍성해지고 있
다. 그런데 웃긴 건 아무리 고단해도 다행이의
까만 눈과 코, 그러니까 까만 점 세 개를 가만히
바라보고 있노라면 피로가 샤르르 풀린다는

것이었다. 다행이 얼굴의 까만 점 세 개는 나에게 비타민 세 알이었다.

다행이의 숙면을 위해 힘쓰게 되면서 알게 된 사실 몇 가지가 있다.

'사람처럼 개도 자면서 이를 갈고 코를 곤다.'

'기괴한 소리를 내면서 잠꼬대를 할 때도 있다.'

'개도 눈뜨고 잘 때가 있다.(이거 정말 무섭다)'

이건 뭐, 사람과 별반 다를 게 없었다. 그래서 가끔 말썽부리는 다행이를 혼내면서 이렇게 외친 적도 있다.

"너 왜 이렇게 말썽이야! 니가 개야?!"

다행이가 무슨 종인지 궁금해서
트위터에 올렸더니
스피츠 믹스견 같다는 의견을 보내주셨다.

"스피츠건 응가견이건 무슨 상관이야.
건강하게만 쑥쑥 잘 자라다오."

오픈 냉장고와
오픈 찬장

쫄깃쎈타를 처음 방문하는 게스트들이 무척 의아해하고 적잖이 어색해하는 것이 바로 오픈 냉장고와 오픈 찬장이다. 쫄깃쎈타 하루 이용료 2만 원만 내면 냉장고와 찬장에 있는 음식들을 얼마든지 이용 가능하기 때문이다. 쫄깃쎈타 오픈을 준비하면서 내가 실행하고 싶었던 계획 중 하나였다.

운영 초창기에는 이 시스템이 과연 가능할까라는 우려도 있었지만 텅텅 비어서 우리가 채워 넣는 한이 있더라도 지속적으로 추진하고 싶었다.

냉장고와 찬장을 열린 공간으로 운영하기로 마음먹은 데는 이유가 있다.

1. 음식물 쓰레기를 최대한 줄이자

게스트들이 냉장고에 재료나 음식을 넣었다가 그냥 체크아웃해버려 결국 음식이 푹푹 썩을 때까지 모르고 넘어가는 일이 다반사였다. 예전에 TV 다큐멘터리에서 아이티의 아이들이 진흙으로 만든 쿠키를 먹는 모습을 보고 엄청난 충격을 받은 이후로 딱 먹을 만큼만 조리하자, 음식물 쓰레기를 최소한으로 줄이자고 다짐했다.

2. 함께 먹자

쫄깃쎈타 안에 있는 모든 이들이 음식을 자율적으로 또 양심적으로 공유하는 행위를 통해 따뜻한 유대감이 생겼으면 좋겠다는 바람을 담고 싶었다. 게스트들끼리 마음을 나누는 데 많은 도움이 될 것 같았다. 혼자 먹는 밥보다는 함께 먹는 밥이 더 맛있고 소화도 잘 되니까.

오픈 냉장고와 오픈 찬장을 1년 정도 꾸준하게 운영하다 보니 이젠 어느 정도 자리가 잡힌 것 같다. 강요하지 않았건만 많은 게스트들이 자발적으로 냉장

고와 찬장에 술과 음식을 듬뿍듬뿍 채워 넣는다. 그저 다 함께 배불리 먹고 신명나게 즐기면서 쫄깃해지기 위해서다.

모두가 신뢰하고 공유하는 공간, 예전부터 내가 꿈꿔왔던 것이다.

물론 아주 가끔 술과 음식들을 쏙쏙 빼 먹곤 정작 자신들이 가져온 음식들은 비닐봉지에 꽁꽁 싸매서 자기들끼리만 먹는 얌체 게스트들도 있다. (흥! 꼬집어 줄 테야!)

그래도 쫄깃쎈타의 생각을 지지하는 멋진 게스트들이 더 많기 때문에 쫄깃쎈타의 냉장고와 찬장은 영원히 마르지 않는 샘이 될 것이라고 확신한다. 오늘도 오픈 냉장고와 오픈 찬장에는 게스트들이 자발적으로 채워준 맛있는 술과 음식들이 가득 쌓여 있다.

'마음껏 먹고 마음껏 채워 주세요!'

쫄깃쎈타에 찾아온 게스트들에게
사장님이라고 불리는 걸 무척 싫어한다.
메작가님, 메가씨 아니면 메가님이라 불리는 게 좋다.
사장님이란 표현은 너무 노땅스럽잖아!
CEO? 아이구, 너도나도 다들 CEO래. 닭살 돋아!
나는 사장님, CEO가 아니라 쫄깃쎈타를 함께 열심히 만든
'쫄깃패밀리', 줄여서 '쫄패' 중의 한 명이라고 생각한다.

그러니까 난 쫄패 메가쑈킹이라구!
제발 날 사장님이라 부르지 마Yo!

뿅뿅 닭살 돋아서 순살 치킨 될 것 같은 기분이니까.

내가 누리고픈 삶은
노는 게 일하는 거고 일하는 게 노는 삶

남은 인생 그런 삶을 누리는 게 목표다.

돈 때문에 억지로 하는 일이 아닌
진심으로 내가 마음이 동해서 하는,
신나게 달리다 보면 적당한 수입이 생기고
뭐, 굳이 생기지 않아도
즐겁게 놀았으니 상관없는,
그런 삶을 누리고 싶다.

적어도 돈 때문에 치사해지고 싶지 않다.

매일 아침 8시 쫄깃쎈타 아침식사는 보통의 다른 게스트하우스처럼 식빵과 달 걀과 우유, 잼, 시리얼 등이 셀프서비스로 제공된다. 그런데 가만히 보면 가스 레인지 위에 모락모락 김을 뿜어대는 정체불명의 노란 수프를 발견할 수 있을 것이다.

그 수프의 이름은 메.뚜.기.수.프.

아니나 다를까 정말로 메뚜기가 들어가냐는 질 문을 많이 받는다. 그럴 리가! 나부터 메뚜기를 못 먹는다구! 꽥~

메뚜기 수프는 줄임말이다.

'메가쑈킹이 직접 끓인 X뚜기 인스턴트 수프'

비록 인스턴트 수프지만 제주산 감자, 양파, 마늘을 듬뿍 넣었기 때문에 영양가도 있고 무엇보다 속이 든든하다. 최근엔 쫄깃쫄깃 마카로니를 삶아 넣으면서 그 맛과 식감이 한 단계 업그레이드되었다.

메뚜기 수프에는 반전이 있다.

적잖은 게스트들이 처음에 한 숟가락 떠서 입에 넣었다가 당황한다. 보기와는 다르게 무척 맵기 때문이다. 아무리 수프를 뚫어지게 관찰해봐도 매운맛을 내는 범인은 보이지 않는다.

범인은 바로 청양고추다. 청양고추를 그냥 썰거나 칼로 다져 넣으면 아무래도 잘 안 먹으려 하기 때문에 청량고추를 믹서에 곱게 갈아 냉장고에 얼렸다가 초콜릿처럼 조각을 내 수프를 끓일 때 한 조각씩 퐁당 넣어준다.

나름 나의 괴팍한 장난이기도 하지만 워낙 술을 마시는 게스트가 많기 때문에 다음 날 해장 비슷하게라도 되라고 시작한 것이다.

매일 새벽 메뚜기 수프를 끓이는 게 힘들지 않느냐고 물어온다.

당연히 엄청나게 졸리지! 그런데 누군가를 위해 매일 아침 식사를 준비한다는 것은 단순 노동을 떠나 큰 의미가 있다. 이 음식이 오늘 하루 신나게 돌아다닐 게스트들의 배터리를 한껏 충전시켜줄 수 있다고 생각하면 몸은 좀 지치지만 마음만은 따뜻하고 즐겁다.

이미 거실은 굶주린 게스트들로 가득한데 전날 밤 과음으로 늦잠을 자는 바람에 비몽사몽 상태로 허겁지겁 아침식사 준비를 하느라 사우나도 아니건만

진땀으로 옷을 적신 적도 많다. 확실히 여러모로 힘들긴 하지만 게스트들이 옹기종기 앉아 담소를 나누며 즐겁게 식사를 하고 있는 모습을 보고 있노라면 입가에 저절로 엄마 미소가 지어진다. 가만히 생각해보면 우리들 어머니의 마음이 매일 아침 이렇지 않을까.

그래서 오늘도 나는 어머니의 마음 '어머니즘'으로 메뚜기 수프를 끓인다. 처음엔 새벽마다 일어나 채소 다듬는 게 적응이 되지 않아 졸면서 채소를 다듬다 베인 손가락을 입에 물고 종갓집에 갓 시집온 며느리의 마음이 되었던 적도 있다. 게다가 가스레인지 앞에 서서 오랜 시간 저어주어야 하는 게 고충이었다.

수프를 끓일 때 부지런히 젓지 않으면 수프가 타서 바닥에 눌어붙을 염려가 있고 감자와 양파를 충분히 익혀 이 없는 노인도 씹을 수 있는 상태로 만들어야 하기 때문이다.

그럼에도 불구하고 꽤 재미있다. 급한 일 때문에 몇 번 빵꾸낸 적은 있지만 매일 이른 아침 내가 직접 끓이는 것을 원칙으로 하고 있다. 메뚜기 수프 끓이는 건 내게 일종의 '놀이'. 매일 새벽 기분 좋게 메뚜기 수프를 끓이고, 수프 먹는 분들의 행복한 표정을 훔쳐보는 건 이제 내게 크나큰 즐거움이 되었다.

그래서 가끔, 아침 일찍 비행기를 예약했거나 한라산 등반 때문에 이른 아침 숙소를 나서야 해서 아침식사를 못 챙겨 먹고 나가는 게스트들을 보면 안타까운 마음에 팔을 붙잡고 챙겨 먹이고 싶다. 일 년 동안 매일 아침 메뚜기 수프를 끓였더니 어머니즘 하나는 확실히 생긴 것 같구나.

어려서부터 책을 무척 좋아했다. 책을 읽는 것도 좋아했고 책꽂이 가득 꽂혀 있

는 책을 보는 것도 좋았다. 아무리 지치고 외로워도 서점만 가면 호랑이 기운이

팍팍 솟아났다. 지금도 독서가 최고의 오락이라고 생각한다.

엎드려서 책을 보는 것도 좋았다. 책을 보다 책에 얼굴을 파묻고 그대로 잠들면 책 속의 재미있는 내용이 그대로 꿈에 나타날 것 같았다. (그래서 무서운 책을 읽을 때면 책을 잘 덮어 놓고 조신하게 누워 잔다)

쫄깃쎈타에 들어오면 가장 먼저 눈을 사로잡는 것이 바로 거실 벽을 둘러싸고 있는 노오란 책장이다. 책 읽는 게스트들로 가득 찬 공간은 예전부터 내가 꿈꾸어 왔던 모습이다.

쫄깃쎈타의 책장은 내가 예전부터 가지고 있던 책들이 5분의 1, 나머지는 팔로워들로부터 기증받은 책들로 채워져 있다.

아주 오래전부터 집에 있던 책들을 볼 때마다 죽기 전에 이 많은 책들을 다시 읽을 수 있을까, 의문이 들었다. 심지어는 구입해놓고 비닐을 뜯지 않은 책도 있었다. 뭔가 잘못된 행동을 하고 있다고 생각했다. 이 재미있는 책들을 나만 가지고 있다가 이 세상 빠이빠이 할 게 아니라 다른 사람들과 함께 공유하고 싶었나. 어차피 죽을 때 가지고 갈 수도 없잖아. 그래서 내 책들을 책장에 채우고 트위터 친구들에게도 자신이 재미있게 본 책들을 공유해달라고 했다. 엄선해서 보내달라고 했기 때문에 쫄깃쎈타 책장은 재미있는 책들로만 가득하다.

쫄깃쎈타 소등시간은 11시여서 그 이후에는 술을 마실 수는 없지만 책을 읽을 분들껜 언제까지나 불을 켜드리고 있다.

한밤중에 어두컴컴한 밤바다를 보며 조용히 책장을 넘기노라면 누구라도 책의 세계로 고스란히 빠져들 수 있을 것이다.

쫄깃쎈타 거실에서의 음주는 11시까지만 가능하다.

게스트들끼리 친해져서 신명나게 음주를 즐기다가 아무리 분위기가 달아올라도 11시쯤이 되면 쫄패들이 여기저기 돌아다니며 이제 그만 자리를 정리해달라고 게스트들에게 부탁한다.

어떻게 보면 좀 야멸차긴 하다. 한참 시원하게 똥 누고 있는데 불 끄고 똥을 끊으라는 격이니…….

쫄깃쎈타가 정식 오픈을 하기 전 무료 오픈 하우스 기간을 가진 것도 게스트 하우스 운영에 대한 개선점을 찾기 위해서였는데 그때 가장 개선이 필요했던 것이 바로 음주문화였다. 아무래도 쫄쎈이 민가 사이에 위치해 있다 보니(특히 노인분들이 많이 사신다) 밤새도록 흥청망청 술판을 벌이면 지역주민들에게 피해를 줄 수도 있었다. 협재리는 쫄깃쎈타만을 위해 존재하는 동네가 아니다. 그래서 모든 술자리는 11시에 끝내자는 규칙이 생겼다. 11시가 되면 모든 방은 소등하고 거실은 부엌의 식탁과 소파를 제외하곤 모두 소등한다. 그래서 이 밤의 끝을 잡고 조용히 책을 읽을 분들은 언제든 아일랜드 식탁과 소파에 앉아 독서를 즐길 수 있다.

평소에 옴팡지게 술을 애정하는 분들이나 밤 11시가 다 되어 체크인하신 분들은 불만을 가질 수도 있지만 어쩔 수 없다. 이것이 쫄깃쎈타의 룰이다. 가장 지키려고 노력하는 부분이다. 편안하게, 달달하게 휴식을 취해야 다음 날 상쾌한 기분으로 가뿐하게 멋진 여행을 즐길 수 있는 법이다. 밤새 술 마시고 고주망태가 되어 다음 날 늦게 일어나는 건 비효율적이다. 이른 아침 쫄깃쎈타 창문으로 보이는 에메랄드빛 협재 바다와 동이 트는 한라산에 대한 실례다.

제주도에는 몸과 마음이 허락하는 한 밤새 술을 퍼마시고 토하고 또 퍼마실 수 있는, 끝내주는 게스트하우스들이 얼마든지 있다. 쫄깃쎈타엔 멋진 바다풍경을 눈에 담으며 책과 함께 좌빈둥 우빈둥 뒹굴고 싶은 분들이 많이 방문해줬으면 좋겠다.

쨍쨍 술잔 부딪히는 소리보다
샤락샤락 책장 넘기는 소리에
얼큰하게 취해보는 건 어떻는지……

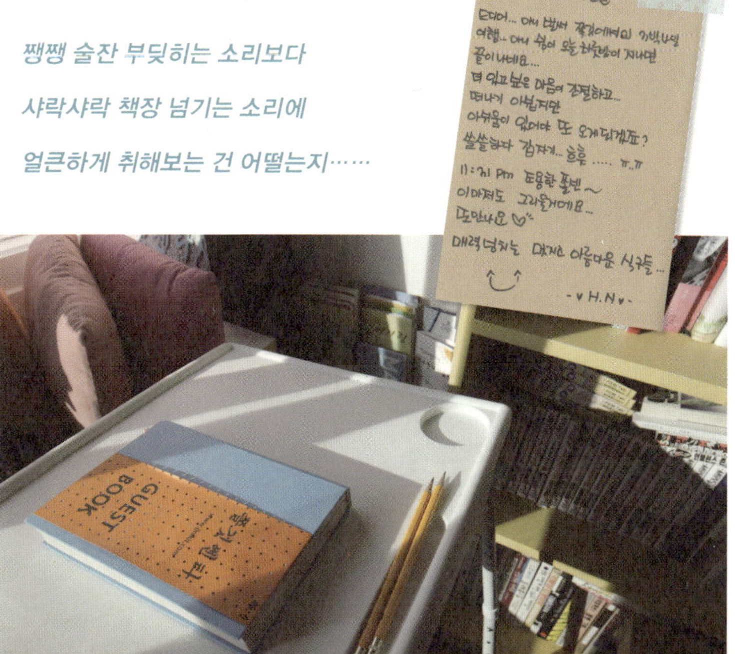

딱새우 먹는 법

제주도에서 알게 된 많고 많은 먹거리 중에 또 빠질 수 없
는 것이 바로 '딱새우' 다. 우리나라 남해 동부와 제주도 근해
에서만 잡힌다고 하는데 제주도에선 '딱새우' 라고 불린다.(정식
명칭은 '가시발새우') 그 흔한 된장찌개에 딱새우를 넣으면 갑자기
예술 요리로 업그레이드된다. 된장찌개를 한 숟가락 입에 넣는 순간
제주도의 청정 꿀바다가 입안으로 쓰나미처럼 밀려드는 듯한 느낌이다.

　딱새우의 맛을 정의 내리자면 꽃게와 새우 그 중간의 맛이다. 가끔 파스타나
볶음밥 만들 때 딱새우를 삶아 까서 넣기도 하는데 머리와 껍질은 버리지 않고
따로 모아 냉동실에 얼려 놓았다가 찌개나 국의 육수로 써도 최고다.

　한라산 소주 한 잔 원샷으로 입에 털어 넣고 딱새우 회 한 점 초장에 찍어 낼
름 입에 넣으면 소주의 쓴맛과 딱새우의 단맛이 입안에서 '행복' 이라는 화학반
응을 일으킨다. 이건 소주도둑이 아니라 소주강도다.

　이토록 맛있는 딱새우지만 처음 먹는 분들은 살을 발라내느라 생각보다 애
를 많이 먹곤 한다. 해물뚝배기에 딱새우가 담겨져 나오면 귀찮아서 아예 안 발

라 먹고 접시에 덜어놓는 분들도 꽤 있다. 그렇다. 요령을 모르면 먹기 힘든 것이 바로 딱새우다.

일단 머리와 꼬리를 떼어낸 후 딱새우의 허리를 손가락으로 곧게 펴고 젓가락으로 쭉 밀어내는 게 요령인데 어떤 게스트는 그렇게 하라고 가르쳐줬더니 자신의 허리를 곧게 펴고 딱새우를 밀어내는 바람에 주위를 웃음바다로 만든 적도 있다. 하하하!

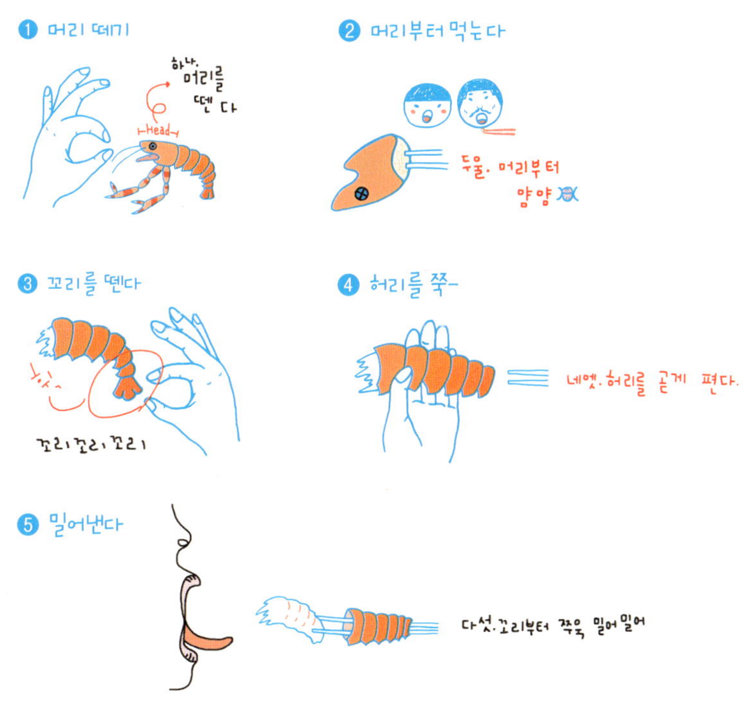

쫄깃쎈타엔 나를 비롯한 여덟 명의 시커먼 남자 쫄패 외에도 두 명의 상큼한 여성 쫄패가 더 있다. 보통 일주일에 4일씩, 3개월 동안 일을 하는데 게스트들에게 쫄깃쎈타를 안내하는 일과 청소를 제외한 간단한 잡일을 맡는다. 요즘은 청소하는 여사님이 따로 있지만 초기 여성 쫄패들은 청소까지 도맡아 했다.

여성 쫄패는 쫄깃쎈타에서 지내는 동안 모든 숙식과 편의가 제공되지만 대신 급료는 없다. 급료가 없다는 사실을 당당하게 트위터에 올렸다가 노동 착취한다는 둥, 사업자의 도리가 아니라는 둥 적잖은 비난을 받기도 했지만 막상 와서 쫄패로 지내다 보면 다들 오히려 급료를 받는 게 더 어색하다고 한다. 수많은 후보자 중에 여성 쫄패를 뽑으면서 충분한 동의를 받아서 결정한 것이기 때문에 당분간은 이 시스템을 계속 유지할 것 같다.

3개월간 쫄패 과정을 모두 마치면 쫄패 브루스가 직접 디자인한 수료증을 수여한다.

여성 쫄패 1호, 필섭 씨. 쫄깃쎈타에 아직 체계가 잡히지 않았을 때 오는 바람

에 일이 너무 많아 굉장히 고생했던 친구. 지금의 여성 쫄패들은 필섭 씨에 비하면 호강하고 있는 거라는 얘기가 나올 정도다. 특히 바느질 솜씨가 뛰어났는데 필섭 씨가 바느질 하고 있는 모습을 보고 있자면 '간디'가 떠오르곤 했다.(용모도 꽤 비슷했다) 원래 도시에선 학생들에게 수학을 가르치던 강사였고 지금은 제주도 남쪽 대평리 쪽에 농가를 마련해 신나게 살고 있다.

두 번째 여성 쫄패, 빵지. 명랑한 성격의 소유자다. 명랑 빼면 시체다. 명랑, 활발, 재미, 쾌활 모두 빵지를 표현하는 단어들이다. 남들과 대화하는 것을 좋아해서 게스트들과의 친화력이 무척 뛰어났다. 워낙 귀엽고 예쁘장한 용모를 지녀서 특히 남자 게스트들이 많이 좋아했던 것 같다.

세 번째 쫄패 희정은 긴 생머리에 까무잡잡한 피부를 가진 훤칠한 미녀였는데 처음 쫄깃쎈타에 들어왔을 때 쫄패를 비롯한 대부분의 남자게스트들이 말을 잃고 두근두근 침만 꼴깍 삼켰더랬다. 진한 아이라인 때문에 강해 보이는 인상과는 달리 (아이라인 안 한 모습을 잡으려고 잠복까지 했던 나였다) 의외로 곰 같은 성격이며 가끔 황당한 말을 꺼내 좌중을 침묵시키는 황당 멘트의 달인이다. 현재 제주도에 정착하기 위해 준비 중이다.

네 번째 쫄패, 의선. 원래는 신촌 연대 세브란스 병원의 성형외과에서 일하던 미모의 의사였다. 똑똑하고 냉정하면서도 동시에 배려심이 많아 함께 일했던 여성 쫄패들의 상담사 역할을 했던 분이다. 현재는 다시 병원으로 복귀해 열심히 환자들을 돌보고 있다.

다섯 번째 쫄패, 메르헨. 쫄깃쎈타 여성 쫄패 최초의 기혼녀다. 평범한 알뜰살뜰 가정주부이면서도 인기 파워블로거라는 독특한 이력이 있다. 워낙 다른 사람의 얘기를 들어주는 걸 좋아해서 게스트들과의 친화력도 무척 뛰어났으며 술도 무척 좋아했던 그녀였다.

여섯 번째 쫄패 진주 씨는 푸근하고 귀여운 부산 아가씨로 원래 인천공항에서 일하던 직원이었다. 굉장히 인상이 강해 보이는 얼굴 때문에 나에게 '여자 임꺽정'이라는 막말을 들어야 했지만 실은 정 많은 귀염둥이 센스쟁이 아가씨였다. (미안~) 쫄깃쎈타에서 일하던 도중 방명록에 심심풀이로 끄적대다 자신의 뛰어난 그림 실력을 발견하는 의외의 수확을 얻기도 했다.

일곱 번째 쫄패, 민지뿌. 대학에서 국어교육을 전공한 민지뿌는 선생님을 준비하다 쫄패를 지원했다. 맺고 끊는

게 확실한 민지뿌는 평소엔 방글방글 잘 웃다가도 쫄깃쎈타 마감시간인 11시가 되면 차가운 얼굴로 숙소의 불을 꺼버리는 냉정함을 동시에 지니고 있다. 선생님이 되어 제주도로 부임하는 게 소원이다.

이 글을 쓰는 현재, 쫄깃쎈타에서 열심히 활약하고 있는 쫄패, 나래. 여덟 번째 쫄패 나래는 원래 다큐멘터리 제작사 조연출이었다. 결혼을 준비하던 중 쫄패에 지원했다. 쫄패 사이에선 '하구라' 라고 불릴 정도로 독설의 귀재이기도 하지만 기본적으로 다른 쫄패들을 따뜻하게 챙길 줄 안다. 게다가 민지뿌만큼이나 출중한 요리 실력을 지니고 있어서 매일 식탁 위에 기발하고 맛있는 요리를 올리는 멋진 그녀다. 쫄패 생활을 마치면 어여쁜 신부가 될 것이다.

지금 이 글을 보고 있는 매혹녀들이여!

당신도 멋지게 쫄깃패밀리에 지원해보지 않으시겠습니까?

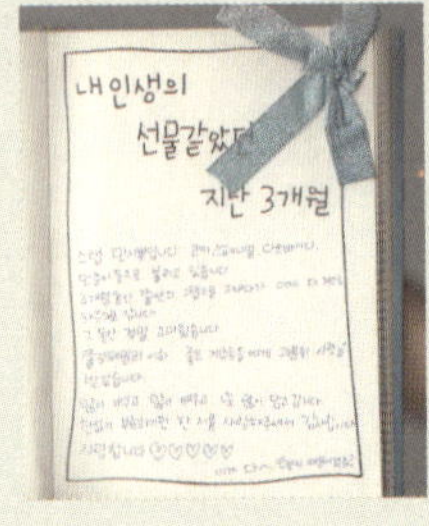

멜 언니 마지막 날 T.T
짱은 5호 머진애니양
6호 진주
언니 내 맘 알쥬?!

인생은 호떡같이 살아야 한다.
자주 뒤집어줘야 안 탄다는
얘기지.
한쪽만 너무 고집하면 홀라당
타버리고 말거든.

손님들이 이따금
'여기 살아보니 어때요?'라고 묻는다.

난
'좋아요 아직은……' 이라고 대답한다.

'좋아요 아직도'라고 대답할 수 있을 때까지
난 여기 살 거다.

서울에 살 땐
'이렇게 살다간 언제 죽을지 모른다'는 생각으로 살았다면
지금은
'이렇게 살다 언제 죽어도 좋아'라는 생각으로 사는데

가끔 그 죽음이란 단어 때문에
듣는 사람들은 마치 내가
어둠 속에 살고 있는 걸로 오해하기도 한다.

쫄패 번개소녀 박준석

제주도민이나 제주도를 여행하다가 겪어본 분은 알겠지만 그렇지 않아도 바람 거세기로 유명한 제주도에서 태풍은 그 위력이 엄청나다.

2011년 여름 쫄깃쎈타를 오픈한 이후 첫 태풍을 만났다. 태풍의 이름은 '무이파'. 무이파가 제주도를 덮치자 태풍에게 가장 만만한 지역인 제주도 남쪽에서 온갖 피해가 속출했다. 7,000여 가구가 갑자기 정전이 되거나 가옥이 파손되고 교통 표지판이 뜯겨져 날아가 자동차나 사람을 덮쳤고 해일에 휩쓸려 실종되는 사고도 빈번하게 일어났다.

다행히 쫄깃쎈타가 위치한 제주도 서북쪽은 제주도에서 한라산이 방패 역할을 해줘서 태풍의 피해가 가장 적은 지역이었다. 태풍이 올 때마다 남쪽 배들이 서쪽의 한림항으로 이동했다가 태풍이 지나가면 다시 내려간다는 말을 들은 적이 있다.

그럼에도 불구하고 태풍의 위력은 상상을 초월했다. 밖으로 나갈라치면 엄청난 바람에 티셔츠가 훌러덩 벗겨질 정도였다. 지나가던 남자의 옷을 벗기려고 해와 구름이 내기를 하던 동화, 그 동화는 제주도에서 통하지 않는다.

당장 쫄깃쎈타 앞마당에 있는 느릅나무 '민효림'이 위험했다. 결국 몇몇 쫄패들이 나가서 각목을 덧대는 등의 응급조치를 한 덕분에 다행히 뽑히는 불상사는 막을 수 있었다.

쫄깃쎈타의 창밖으로 펼쳐지는 모습은 무아지경 그 자체였다. 당시 쫄깃쎈타 안엔 26명의 게스트들이 모여 있었는데 모두들 태풍 때문에 밖으로 나갈 엄두를 내지 못하고 완전히 발이 묶인 상태였다. 다들 달리 할 일도 없었고 책도 눈에 잘 들어오지 않아 두려움도 해소시킬 겸 대낮부터 파전을 부쳐 시끌벅적 제주 맛걸리 술판을 벌였다. 지인이 사왔던 다양하고 맛있는 술들이 합세하면서 이미 대낮부터 모든 게스트들의 얼굴이 협재 앞바다의 노을처럼 벌겋게 달아올랐다.

분위기가 달아오를 무렵 동네 친구인 행위예술가 겸 무용가 '라무'가 음악 하는 친구들과 함께 비바람을 뚫고 놀러 왔다. 모두 악기도 가지고 있었다. 바로 술판이 업그레이드되었다. 즉석 콘서트와 춤판이 벌어졌다.

여전히 창밖으로론 쓰나미 올챙이 급으로 보이는, 정신없이 폭발하며 넘실대는 파도가 당장이라도 쫄깃쎈타를 한입에 꿀꺽 삼킬 것만 같았다. 그리고 쫄깃쎈타 안에선 신명나는 술판의 태풍이 몰아치고 있었다.

라무가 친구들의 연주에 맞춰 멋진 현대무용을 선보이던 도중 갑자기 여성 게스트 중 얌전해 보이던 한 명이 일어나 춤을 추기 시작했다. 세상에! 힙합댄서였단다. 분위기가 폭발했고 순간 라무는 무안해졌다. 하하! 배짱 좋은 게스트들까지 합세해 다 함께 덩실덩실 춤을 췄다.

밖에서는 태풍이 몰아치고 안에선 음악과 춤의 태풍이 몰아치고! 그 광경을 조용히 지켜보고만 있던 내 자리만 태풍의 눈처럼 잠잠했다. 역시 쫄깃쎈타가 있는 제주도 서쪽은 태풍 피해가 거의 없이 그렇게 무사히 지나갔다. 하지만 쫄깃쎈타 안은 태풍 대잔치가 휩쓸고 가 초토화되고 말았다. 하하하!

생지옥의
돌고래

하와이 원주민들은 믿는다. 돌고래떼를 목격하는 사람은 평생 행복하게 살 수 있다고.

아쿠아리움이나 돌고래 쇼장에 재능기부 하는 불쌍한 녀석들 말고 떼를 지어 바다 위를 점프하는 야생의 돌고래들은 결코 흔히 볼 수 없는 짜릿한 볼거리다. 떼를 지어 자유롭게 바다 위를 뛰노는 돌고래떼를 본 적이 있는가? 물론 그렇게 쉽게 볼 수 있는 광경은 아니지만 그렇다고 네스호의 네시 같은 그런 막연한 존재는 아니다. 나도 제주 서남쪽 모슬포에서 마라도로 가는 배 위에서 한 무리의 돌고래떼를 동공에 담는 행운을 누린 적이 있다.

장.관.이었다.

그때 나를 비롯해 배 위의 승객들은 너도나도 할 것 없이 모두 뽀로로 앞의 미취학 아동이 되어 탄성을 내질렀다. 도저히 입을 다물 수가 없어 턱관절 장애를 일으킬 광경이었다. 내 머리 다른 부분보다 유난히 숱이 적은 정수리 위로 따끈따끈한 갈매기 똥이 떨어져도 아마 몰랐을 것이다.

놀라운 것은 쫄깃쎈타 앞 생지옥에도 아주 가끔 돌고래떼가 출몰한다는 사실이다. 하지만 우습게도 쫄깃쎈타에 붙박이가 되어 있는 내가 정작 한 번도 본 적이 없으니 실성사이다가 될 노릇이다. 몇몇 게스트들이 창밖의 생지옥에 모습을 드러낸 돌고래떼를 보고 탄성으로 아카펠라 공연에 여념이 없을 때 안타깝게도 난 지하벙커에서 코골이 독창회 중이었다.

그때 돌고래떼를 눈에 담을 수 있었던 행운의 게스트들 모두 하와이 원주민들처럼 평생 행복하게 잘 살 것이라 믿는다. 어쩌면 어느 날 쫄깃쎈타를 방문한 당신도 그런 돌고래떼를 보며 평생 행복해질 수 있는 행운을 얻을 수 있을지도 모른다.

한때 트위터에서 화제가 되면서 결국 포털 사이트 검색어로까지 등극했던 단어, '자.찾.생'.

'자찾생'은 '자아를 찾으러 온 중학생'의 줄임말이다. 매우 의미심장하지 않은가? 머리에 혈액이 덜 응고된 중학교 2학년생이 쫄깃쎈타엔 왜 왔냐는 나의 질문에 '자아를 찾으러 왔다'고 답한 것이다.

쫄깃쎈타가 오픈한 지 한 달이 지난 어느 날, 자찾생 심모 군은 바람과 함께 쫄깃쎈타를 찾아왔다. 푹 눌러쓴 챙모자에 한쪽 눈만 가린 긴 머리, 혹시나 한쪽 눈에 문제가 있는 줄 알았더니 그냥 멋이었다. 애들이 말하는 '간지'였다.

중학교 2학년이었지만 내일모레 입대할 청년의 외모를 지닌 '노안'. 중학생이 번듯하게 콧수염까지 길렀다. 우린 무려 사흘 동안 녀석에게 편하게 말을 놓지 못했다. 본인 역시 콧수염 애정주의자로서 혹시 녀석이 발모제를 발랐나 싶어 도대체 어떻게 길렀냐고 물었더니 우담바라마냥 뽀송뽀송 자라던 솜털을 끈기 있게 계속 방치했더니 이렇게 되었다고 했다.

자아를 찾으러 쫄깃쎈타를 찾았다는 녀석이 나와 쫄패들에게 처음으로 던졌던 한마디를 잊을 수가 없다.

"PC방은 어디 있어요?"

이 녀석 방금 전에 자아를 찾으러 왔다고 하지 않았나? 도대체 창밖으로 펼쳐진 저 옥빛 바다와 비양도가 보이지 않는 건가?!

사실 자찾생의 어머니는 예전부터 트위터를 통해 나를 잘 알고 있었고 쫄깃쎈타가 지어지는 과정을 주의 깊게 지켜봐 왔다고 했다. 학교가 아닌 게임방에서 소중한 학창시절을 불태우려는 아들을 보다 못해 정신개조 좀 시키려고 억지로 2박 3일 동안 쫄깃쎈타로 귀양을 보낸 것이다.

제주도에 오기 며칠 전 자찾생은 언제나 그랬던 것처럼 PC방에서 한참 무아지경에 퐁당 빠져 스노쿨링을 즐기고 있었는데 "비행기표 끊어놨으니 제주도로 가라!"는 어머니의 문자를 받곤 황당하고 화가 나서 미쳐버리는 줄 알았다고 했다. 어머니와 실컷 다툰 후 결국 아버지의 명령으로 제주도로 내려와야만 했단다. 그래서일까 자찾생의 표정은 시종일관 도살장에 끌려가는 소마냥 어두웠다. 게스트들이 말을 걸어도 대답이 없었고 간혹 답변을 해도 비뚤어진 대답만 늘어놓았다.

난 트위터에 녀석의 행동 하나하나를 관찰해서 올리기 시작했다. 반응은 초반부터 뜨거웠다. 심지어는 팬들까지 생겨버렸다. (젠장) 자찾생을 보기 위해 쫄깃쎈타에 오고 싶어 하는 사람들도, 실제로 오는 사람들도 많아졌다. 자찾생 녀석이 유명인사가 된 건 확실했다.

　다음은 자찾생을 관찰하며 트위터에 올렸던 기록들이다.

2박 3일 동안 쫄깃쎈타에 묵겠다던 자찾생 결국 숙박을 일주일 더 연장했다.
그래, 다 좋으니 에어컨 좀 작작 틀어! 너 때문에 망하겠다, 이 녀석아!

에어컨을 틀면 틀수록 북극의 빙하가 녹아서 북극곰이
가라앉는 거야,라고 열심히 설명했지만 만화책을 보며
듣는 둥 마는 둥 하는 자찾생 덕분에
지금 내가 가라앉고 있는 상태다.

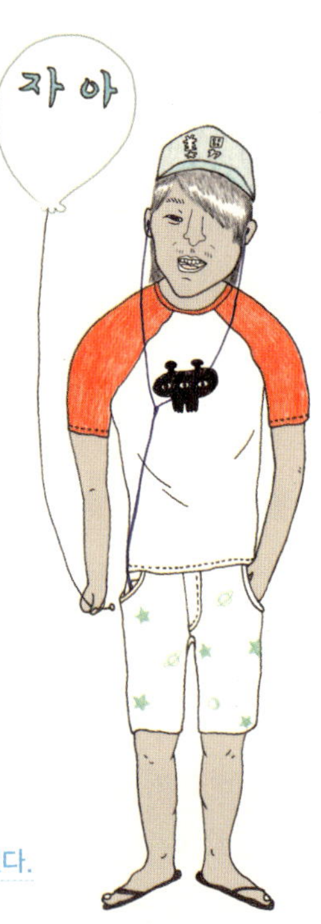

자찾생이 인사성이 밝은 건 좋은데
제발 "안녕하세요?"는 딱 한 번만 했으면 좋겠다.
오늘만 열 번을 넘게 들었다.
자기 전에 "안녕하세요?"는 또 뭐냐!

어느 여성 게스트에게 자찾생이 몇 살 같냐고 물어봤다.
20살 정도로 보인단다.
자찾생은 기분 나빠하지 않았다. 오히려 즐기는 듯 보였다.
시크하게 미소까지 짓고 있다. 제발 그러지 마!

저녁식사로 게스트들끼리 된장찌개를 끓였는데
자찾생에게 먹으라고 권했더니 '늙은 개의 냄새가 난다'고 했다.

360여 개의 오름, 아름다운 해안절경,

수려한 경관을 자랑하는 한라산

세계 그 어디에 견주어도 손색이 없을 제주도!

그러나 자찾생은 여전히 PC방을 찾고 있다.

자찾생이 점점 쫄패의 역할을 하기 시작했다.

한 무리의 게스트들이 기념사진 좀 찍어달라고

자찾생에게 폴라로이드 카메라를 건넸다. 자찾생은 열심히 찍어줬다.

연사로… 10장… 사진기를 건넨 게스트의 얼굴이 하얗게 질렸다.

갑자기 나에게 철딱서니 실종된 이 녀석을 바꿔 봐야겠다는 의지가 샘솟았다. '중2병'이라는 단어도 있지 않은가, 많이 불안할 때라는 거다. 내가 뭔가 도움이 되지 않을까 싶어 나름대로 치밀하게 작전을 세웠다.

자찾생에게 긴급하게 제의했다. 어두컴컴하고 칙칙하고 세균이 득실득실대고 나쁜 형아들도 많고 몸에 나쁜 담배연기 자욱한 게임방에 가고 싶으면 언제든지 가라고 했다. 하지만 내가 중2라면 샤방샤방 예쁜 누나들 따라 다니며 신선한 공기도 많이 마시고 끝내주는 풍경도 많이 보고 온종일 맛있는 것도 배터지게 먹으며 신나게 놀러 다닐 거라고 했다. 세상에 그 어떤 중2가 그렇게 신나게 놀 수 있겠냐고 꼬셨다.

바로 그때였다. 긴 머리로 가려진 자찾생의 한쪽 눈이 삐싱~ 빛나는 걸 느꼈다. (오옷! 너도 남자구낫!)

예쁜 여성 게스트를 따라 나갔다 돌아온 자찾생
모슬포에 가서 함께 방방(덤블링)이를 탔는데
13살짜리 여자애가 자기에게 작업을 걸어왔다고 의기양양한 상태였다.

아무리 봐도 자찾생의 비주얼은 '스타킹 동안 선발대회'에 나온 일반 성인의 비주얼.
정말로 중학생 같지 않았지만 어느 날 병원에서 받아온 약봉투에 적힌 글씨 덕분에
확실히 실감할 수 있었다. '만 14세'

두 명의 여성 게스트들이 자찾생을 데리고 놀러 다니면서
며칠 동안 잘 챙겨 주었는데 정작 자찾생은 어제 쫄깃쎈타에 새로 온
미모의 여대생 게스트에게 마음을 뺏긴 상태였다.

샤워를 마치고 안에서 드라이기로 머리를 말리고 나와도 됨에도 불구하고
굳이 거실로 나와 많은 누나들 앞에서 머리를 말리는 자찻생
‘섹시 컨셉’ 이걸랑 당장 때려치웠으면 좋겠다.

어느 날 자찻생이 더 이상 PC방을 가지 않겠다고 해서
쫄깃쎈타의 모든 게스트들이 경악을 금치 못했다.
이유는 ‘가진 돈이 다 떨어져서’ 였다. 그럼 그렇지…

자찻생의 어머니께서 쫄깃쎈타로 돈을 입금해주셨다.
그래서 쫄패들은 자찻생에게 하루에 5,000원씩 용돈을 줘야 하는 일이 생겼다.
그런데 자찻생은 그 돈을 열심히 모으겠다고 한다.
순간 대견함이 밀려왔건만
돈을 모두 모으면 마지막 날 PC방에서 모든 걸 불태우겠단다.

지금 현재 쫄깃쎈타에 중학생만 여섯 명이다.

이게 트위터에 자찾생 글을 올렸기 때문이다.

그리고 자찾생 너 애들 앞에서 고참 행세하지 마!!!

이젠 엄마가 보고 싶다… 고 자찾생이 말했으면 좋겠다.

자찾생이 현재 PC방 가는 걸 멈춘 상태다. 나와의 내기에서 졌기 때문이다.

며칠 전 어느 게스트가 재미삼아 가져온 빤짝이 옷을 내가 입고 사진을 찍으면

더 이상 PC방에 가지 않기로 한 것이다.

훗! 녀석은 몰랐다. 내가 빤짝이 옷을 좋아한다는 것을…

자찾생아! 제발 새로 온 게스트들이 들어올 때마다 달려가서

"제가 그 자찾생입니다." 하지 마!

쫄깃쎈타에 새로운 여성 게스트가 왔다.

귀여운 용모의 그녀에게 자찾생, 빛의 속도로 달라붙었다.

그녀가 일본어로 얘기하자 빛의 속도로 멀어졌다.

자찾생이 랩을 잘한다고 했다. 별로 듣고 싶지 않다.

〈자찾생의 중요한 하루 일과〉

예쁜 누나들 전화번호 따기. 아무래도 자아를 찾으러가 아니라

전화번호 따러 제주도에 내려온 것 같다.

트위터에 자찾생이 언제 집에 가냐는 질문들이 많이 올라온다.

일주일 더 연장할거란다. 아~ 이젠 뭐 그냥 내 아들같다.

자찾생이 쫄깃쎈타에 온 이후로 처음 홀로 사색의 시간을 가지러 포구로 나갔다.

한 시간쯤 뒤에 돌아온 자찾생에게 어떤 생각을 했냐고 물으니

한숨 푹~ 자고 왔단다.

자찾생은 드디어 내일 집으로 간다.

그렇게 한 달 뒤 자찾생은 마침내 쫄깃쎈타를 떠났다. 다시 도시로 떠나는 자찾생의 어깨는 축 처져 있었다. 자찾생이 방명록에 글을 남겼다.

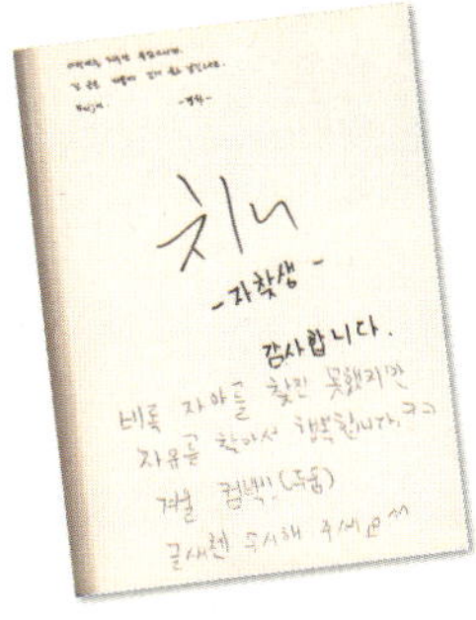

'비록 자아를 찾진 못했지만
자유를 찾아서 행복합니다. ㅋㅋ
겨울 컴백 (두둥!)
글씨체는 무시해주세요.'
―자찾생 심모 군 씀

역시나 마지막까지 허세 작렬 100단이었던 자찾생. 그래도 다행인 것은 쫄 깃쎈타에 처음 왔을 때의 표정과 마지막 날의 표정이 완전히 180도 바뀌었다는 것이다. 처음 왔을 땐 어둡고 만사가 다 귀찮다는 표정이었는데 마지막 날은 얼굴에 미소 가득 신나는 표정이었다.

겨울에 또 신나게 누나들이랑 놀러 쫄깃쎈타에 오겠다던 자찾생은 1년이 흘렀건만 아직도 오지 않고 있다. 잘 지내고 있는지 아주 살짝 궁금하기도 하다.

쫄깃쎈타에서 지내던 한 달 동안 보여줬던 그 뻔뻔한 유쾌함으로 건강하게 멋지게 학창시절을 잘 보내길.

(자찾생이 다녀간 이후, 자신의 아들, 딸을 보내도 되겠냐는 부모님들의 문의가 쇄도했다. 안돼!! ㅠㅠ)

고인 물이 썩고 고인 입이 썩는다.
실없는 얘기일지라도 대화를 나눠야 한다.

침묵에서 모든 오해가 싹을 틔우게 되고
재크의 콩나무마냥 걷잡을 수 없이 쑥쑥 자란다.

결국 모두 함께 사는 이 세상,
홀로 도를 닦을 목적이 아닌 이상
침묵은 더 이상 금이 아니라
관계에 금이 가게 만드는 것이다.

언제나 왁.자.지.껄 대화가 넘치는,
그런 쫄깃쎈타가 되었으면 좋겠다.

쫄깃쎈타에 단 하나밖에 없는 커플룸의 이름은 '애기공장'이다. 묵는 사람 민망하게 왜 이름을 그렇게 지었냐고 많이들 물어본다.

애기공장은 말 그대로 '애기를 만들어내는 장소'라는 뜻도 되지만 한자로 사랑 '애愛', 기운 '기氣' 자를 써서 '사랑의 기운이 가득한 장소' 라는 뜻도 된다. 협재 앞바다 생지옥과 비양도의 멋진 풍광을 보며 연인끼리 사랑을 속삭일 수 있도록 만든 장소다.

애기공장 그 명예의 1호 커플은 스무 살 초반의 동갑내기 연인이었다. 캠퍼스 커플이었는데 애기공장엔 일주일 동안이나 묵었다. 두 사람의 금슬이 어찌나 좋아 보였는지 당시 쫄깃쎈타에 함께 묵었던 게스트들의 부러움과 질타를 한 몸에 받았다. 그런데 문제는 명색이 애기공장 1호 커플이다 보니 모든 게스트들의 지대한 관심이 이들에게 쏠렸던 것. 아침이 되면 누구나 입가에 음흉한

  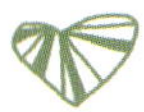   

미소를 가득 머금고 커플에게 질문을 날렸다.

"으흐흐~ 간밤에 별일 없었나요?"

결국 그 커플은 4일째 되는 날 제주시에 있는 호텔로 날아가서 하룻밤을 묵고 다시 쫄깃쎈타로 돌아오는 특단의 조치를 취했다. 호텔에서 무슨 일이 있었을지는 풋~ 나도 몰라! 쉿!

보통은 커플이나 부부끼리 묵는 경우가 대부분이지만 간혹 가족끼리, 아니면 여성 두 분이 묵는 경우도 있다. 남자끼리 묵은 적도 있었냐고? 딱 한 번 있었다. 묵는 동안 두 분이 굉장히 민망해서 모든 게스트들이 웃었던 기억이 있다. 쫄깃쎈타에서 애기공장은 예약율이 가장 높은 곳이다. 예약하기가 하늘의 별 따기라는 얘기가 돌 정도다. 쫄깃쎈타의 유일한 커플룸이기도 하고 민망한 이름에 재미를 느껴서 그런 것 같다.

사실 두 사람의 사랑을 위한 커플룸이지만 혼자 묵어도 의미가 있는 방이라고 생각한다. 애기공장의 창밖으로 펼쳐지는 드넓은 옥빛 바다와 작은 섬 비양도는 아무 생각 없이 눈에 담고만 있어도 시간 가는 줄 모를 정도로 아름답기에 충분히 가치가 있다.

애기공장 1 호가 되고 싶었던 메가쑈킹&브루스 커플의 격한 포옹
(사실, 크리스마스 파티 때 풍선 터뜨리기 한 것. 브로큰백 마운틴 아님 ㅋ)

쫄깃쎈타는 협재리 마을 깊숙이 위치해 있다. 협재리엔 여느 시골 마을처럼 할아버지, 할머니들이 많이 살고 계신다. 그런데 가끔 쫄깃쎈타에 묵는 게스트들 중에 할아버지, 할머니들의 시선은 아랑곳하지 않고 쫄깃쎈타 앞에서 담배를 피우는 여성분들이 있었는데 그것이 사건의 발단이 되고 말았다. 그나마 벤치에 앉아서 피우는 손님들은 괜찮았는데 담배를 입에 물고 동네를 자유롭게 활보하던 몇몇 호탕한 여성분들이 타깃이 되었다.

할아버지, 할머니들께서 보시기에 이게 좀 문화충격이었던 것이다. 결국 할아버지, 할머니들의 뜻을 모아 동네 무서운 아저씨가 만취한 상태로 쫄깃쎈타로 찾아와 분노를 토해냈다.

사실 처음엔 나도 이해할 수가 없었다. 아니 무슨 조선시대도 아니고 몇 년 뒤면 곧 자동차가 하늘을 날지도 모를 때인데 여성들이 담배를 피우는 것이 문제가 되다니. 백주대로에 여성들이 담배를 피우는 모습은 도시에서는 이미 일상이 되지 않았는가?

많은 분들께 이에 대한 의견을 듣고 싶어서 바로 트위터에 글을 올렸다. 역시나 의견은 분분했다.

여성 게스트들에게 당당하고 멋지게 담배를 피우게 하라는 의견이 있었고 그곳에서 평생을 살아오신 노인분들께 예의를 지켜야 한다는 의견이 있었다.

결국 쫄깃쎈타 현관 앞에 있던 흡연공간은 어르신들의 눈에 잘 띄지 않는 지하 쪽으로 옮겨졌다. 여성 남성 할 것 없이 모든 흡연자들이 그쪽으로 내려가 담배를 피우게 되었다. 마음 편히 쉬러 오신 게스트들께는 참 죄송하다. 하지만 부디 쫄깃한 마음으로 이해해주셨으면 좋겠다.

앞으로 얼마 동안이 될지는 모르겠지만 나는 쫄패들과 함께 협재리 주민들과 함께 이곳에서 쭉 살아가야 하는 생활인이니까.

문제는 또 있었다. 원래 쫄깃쎈타가 오픈하고 한 달여 동안은 거실 소파 쪽에 커튼이 없었다. 안에 있는 모습들을 밖에 보여주는 것이 전혀 부끄러울 게 없었고 밖에 지나다니는 사람들도 자연스럽게 안을 볼 수 있게 하자는 의도였다. 쫄깃쎈타를 열린 공간으로 만들고자 원래 있던 담도 무너뜨린 마당에 굳이 커튼까지 달 필요가 없다고 생각했던 것이다. 쫄깃쎈타엔 유독 여성 게스트들이 많은데 어느 날 그 점이 사건의 발단이 되었다.

그날도 쫄깃쎈타 안에서 여성 게스트들끼리 모여 맛걸리를 마시면서 오순도순 담소를 나누고 있었는데 갑자기 현관문이 열리며 시커먼 그림자 하나가 들어왔다. 취객이었다. 옆 동네에 사는 사람인데 협재리에서 한잔 하고 돌아가다

밖에서 보니 술집 같고 여자들도 많기에 함께 한잔 하러 들어왔다는 것이었다. 왕년에 잘나가는 조폭이었다고도 했다.

안면을 보는 순간 짜증면이 곱빼기가 되었지만 거기서 화를 냈다간 사태가 험악해지고 게스트들에게 피해가 갈 수도 있을 것 같아 쫄패 워너니와 준석이가 잘 구슬려 밖으로 데리고 나갔다. 겨우 되돌려 보내면서 사건은 일단 마무리되었지만 이미 그 상황을 본 여성 게스트들은 잔뜩 겁을 먹은 상태였다.

그 사건 이후로 쫄깃쎈타 거실에 커튼을 달기로 결정했고 해가 지면 무조건 커튼을 치기로 했다. 역시나 커튼을 단 이후로는 한 번도 그런 소동이 일어나지 않았다.

어느 지역에 무사히 정착하려면 그 동네 주민들과 잘 어울리는 게 바람직하다는 조언을 많이 듣는다. 제주도에 정착해서 살아가려면 동네주민들과 어떻게 얼마나 융화되어야 하는가, 그 문제에 대해 많은 고민을 하게 되는 게 사실이다.

애월에 정착한 제주도 이웃, 카페 '하루하나'
임휘 씨의 보석 효열이와 아일랜드 게스트하우스에서

213

세상엔

차가운 사람,

뜨거운 사람,

미지근한 사람이 있다.

중요한 건

각자 타인의 온도를

존중해주는

배려가 아닐까?

코딱지 텃밭

쫄깃쎈타의 청소 일을 도와주시는 현지인 아주머니가 있다. 어느 날 아주머니께서 쫄깃쎈타 뒤편의 빈 땅을 보시더니 땅은 놀리는 게 아니라면서 가지, 상추, 고추, 호박, 깻잎 등등 다양한 먹거리 채소들을 직접 심어주셨다. 빈 땅이라고는 하지만 얕은 흙속에 워낙 바위들이 많아 텃밭으로 활용하기엔 좀 무리가 있어 보이는 땅이었다. 그런데도 아주머니의 눈엔 너무나도 아까운 공간이었던 모양이다.

텃밭이 뽕! 하고 생겨버리니 아이구! 이건 나에게 성가신 일이 하나 더 생겨버린 셈이었다. 아침, 저녁으로 하루에 두 번 잊지 말고 물을 줘야 하니 말이다. 난 원래 스스로 마음이 동해서 하지 않는 일을 싫어하는데다가 어려서부터 타고난 식물킬러였다. 어떤 식물이든 내 손을 거치면 목숨을 보전하지 못했다. 심지어는 그 잘 죽지도 않는다는 선인장도 바짝바짝 말라 죽을 정도였으니까.

예전에 살던 아파트 베란다에 자그마한 텃밭이 있었는데 부모님이 방문할 때마다 제발 뭐라도 키워보라며 게을러 빠진 아들을 나무라시곤 했다. 그때마다 '나무나 꽃을 실내에서 키우는 것을 이해할 수가 없다, 나무와 꽃을 보고 싶으면 밖으로 나가는 것이 맞다'며 씨도 안 먹힐 어설픈 핑계들을 대곤 했으니 나도 참.

하지만 아주머니께서 심은 각종 먹거리 채소들은 금세 죽을 거라는 내 예상과는 달리 쑥쑥 자랐다. 내가 바빠서 물을 주지 못해도 다른 쫄패들이 물을 챙겨 줬고 척박하게만 보였던 그 땅이 의외로 제 역할을 해내고 있었던 것이다. 파릇파릇 쑥쑥 잘도 자라주는 녀석들을 보니 신기하면서도 뿌듯했다.

하지만 그 뿌듯함도 잠시, 느닷없이 전쟁이 시작되었다. 상대는 잡초였다. 잡초가 텃밭을 점령하니 원래 텃밭을 차지하고 있던 채소들이 점점 비실비실거리기 시작했다. 하지만 게으름자격증 1급 소지자인 난 역시나 무사태평 마인드.

"잡초가 뭐가 나쁘냐! 잡초도 먹고 살아야지!"라고 헛소리를 주절거리며 텃밭을 방치해두고 있었다. 결국 텃밭은 온갖 잡초로 풍년이 되어 버렸다. 그렇지 않아도 평소에 하루에도 몇 번씩 힐끔힐끔 쫄깃쎈타의 텃밭을 주시하는 동네 할아버지, 할머니들의 레이저 광선 같은 눈빛 때문에 부담을 느끼고 있던 차였다.

그러던 어느 날 아침 여느 때처럼 메뚜기 수프를 끓이고 텃밭 쪽으로 내려오는데 웬 할머니께서 텃밭 한가운데에 웅크리고 앉아 열심히 잡초를 뽑고 있는 모습이 눈에 들어왔다.

이런! 자세히 보니 평소에 인사를 잘 받아주시고 늘 함박미소로 반겨 주시던 옆집 할머니였다. 우리가 따로 부탁한 것도 아닌데 할머니께선 이른 아침부터

죽어가는 이웃의 텃밭을 살려내고 있었다. 이건 정말 재활용 불가능 인간쓰레기가 아닌 이상 그냥 모른 척하고 지나갈 수가 없었다. 그렇지 않아도 전날 밤 과음을 하는 바람에 메뚜기 수프를 겨우 끓이고 눈을 붙이고 싶은 상태였지만 어금니 꽉 물고 조심스럽게 할머니께 다가가서 물었다.

"아우! 할머니 아침부터 힘들게 왜 이러세요. 제가 할게요."

하지만 할머니께선 이 정도는 혼자서 다 하실 수 있다면서 손사래를 치셨다. 그렇다고 "아이고 감사합니다. 그럼 들어가서 좀 쉴게요."라고 말하는 건 정말이지 예의범절을 육수 내서 국 끓여 먹어버리는 짓인 것 같고 그냥 물러섰다가는 할머니께서 쫄깃쎈타의 저 콧수염쟁이 버릇없는 놈이라며 온 동네방네에 소문을 내실지도 모른다는 불안감이 마구 샘솟았다. 빛의 속도로 창고에서 호미를 꺼내 와서 할머니 옆에 나란히 쪼그려 앉아 잡초를 뽑기 시작했다.

할머니의 잡초 뽑는 기술은 혀를 내두를 정도였다. 연륜이라는 말이 괜히 있는 게 아니었다. 난 황새를 쫓아가는 뱁새였다. 점점 할머니께 성가신 존재가 되어가고 있었다. 결국 보다 못한 할머니께선 잡초는 본인이 뽑을 테니 뽑아놓은 잡초나 포대에 잘 모아서 갖다 버리라고 하셨다.

아이구, 이게 웬 창피람~ 네비게이션에 쥐구멍 좀 검색해봐야겠다!

그렇게 두어 시간 동안의 작업 끝에 텃밭을 뒤덮고 있던 잡초들은 감쪽같이 사라졌고 진한 갈색을 지닌 뽀얀 흙이 눈앞에 드러났다. 이건 할머니께 감사하는 마음이 안 생길래야 안 생길 수 없는 시스템! 냉장고에서 박카스를 꺼내다가 드렸더니 싫다고 거부하셨다. 여기서 물러날 수는 없다! 마침 냉장고에 한 게스트가 보내준 백김치가 많길래 몇 포기 꺼내서 드리려고 했더니 역시 그것도 싫으시단다. 그렇게 할머니께선 쿨하게 미션 컴플리트를 외치곤 엉덩이에 묻은 흙을 툭툭 털고 자리에서 일어나셨다. 그리곤 아직 끝난 게 아니라며 집에서 비료를 가져와서 뿌려주시겠단다. 아이고, 할머니~ 염통 속으로 눈물 찍!

그러고 보니 할머니랑 텃밭에 있는 동안 참으로 많은 얘기를 주고받았던 것 같다. 듣자하니 TV에서 쫄깃쎈타에 대한 다큐를 봤던 할머니의 자제분들이 육지에서 온 젊은 사람들이 고생하니 언제가 됐든 쫄깃쎈타에서 가서 뭐라도 도와주라고 부탁을 하셨단다. 아유, 고마운 분들!

부끄럽지만 쫄깃쎈타를 짓고 1년이 지났건만 동네 할아버지, 할머니들과 별다른 소통이 없었다. 물론 마주칠 때마다 90도로 허리 숙여 인사를 드리는 건 기본이었지만 할아버지, 할머니들이 말을 건네면 도통 알아들을 수가 없었기 때문에 정중히 인사만 드리고 눈치껏 살금살금 피했던 것이 사실이었다. 난 빌어먹을 소심꾸러기 100단이었던 것이다. 반성하고 또 반성한다. 결국 작고 보잘 것 없는 텃밭 하나가 소심하고 속 좁은 나에게 할머니와 따뜻하게 소통할 수 있는 기회를 마련해준 것이다.

아참, 게다가 그 밖의 보너스도 있었다. 텃밭의 잡초를 말끔히 제거했더니 신기하게도 그동안 이런저런 고민으로 가득했던 내 마음속의 잡초들도 싹 사라진 것이다. 텃밭에 전엔 눈에 띄지도 않던 지렁이, 달팽이들까지 출몰하기 시작했다. 그 척박했던 땅이 기름진 텃밭으로 되살아나고 있었다. 참으로 신기했다. 아마도 내년이면 텃밭은 더욱 싱싱한 먹거리들로 가득 차 넘칠 것이다.

역시나 텃밭에 이름도 붙여줬다.

'코딱지 텃밭'.

비록 코딱지만 한 텃밭이지만 덕분에 식물에 대한 애정도 생겼고 동네 할머니와 대화의 기회도 되었으니 이건 뭐 호남평야 백만 평이 부럽지 않구나!

코딱지 텃밭
가지
방울토마토
고추
무순

협재리 어르신들은 반찬거리가 똑 떨어지면 이른 아침 양동이나 대야를 들고 설렁설렁 바닷가로 나간다. 그리고 마치 뒤뜰의 텃밭에서 상추를 따오듯 해산물을 잡아온다. 문어, 성게, 소라, 보말 등등 찬거리는 참 많다. 여유고 자시고 그냥 이게 이곳의 생활이다. 따뜻한 봄날이 되면 쫄깃쎈타 앞바다엔 슬슬 문어들이 나타나기 시작한다.

어느 날 저녁 쫄깃쎈타 부엌 쪽이 왁자지껄 시끄러워져 가봤더니 쫄패 브루스가 머리에서 허리까지 내려오는 커다란 문어를 잡아왔다. 와! 얼마나 큰 놈이었는지 브루스의 어깨엔 승전장수마냥 힘이 잔뜩 들어간 상태였다.

브루스는 자타가 공인하는 문어 사냥꾼이다. 워낙 부지런 빼면 시체인 시골 노인 스타일이라 단 1초라도 쉬지 못하는 성격의 브루스, 어느 날 문득 해안가를 이리저리 돌아다니다가 손으로 자그마한 문어 몇 마리를 잡아온 것이 시초였다. 처음엔 손으로 휙휙 잡아 올리더니 더 많이, 더 쉽게 잡고 싶은 욕심이 불타올라 긴 막대기 끝에 낚싯바늘을 붙여서 문어 잡는 기구를 발명하는 지경에까지 이르렀다. 그렇게 브루스가 잡아온 문어로 잔치가 벌어졌다.

문어숙회, 문어라면, 문어떡볶이. 자연산 문어 3종 세트 앞에 게스트들이 모여 들었다. 모든 이들의 입과 눈이 즐거워졌다. 쫄깃쫄깃 탱글탱글한 문어 한 점을 입에 넣고 씹고 있는데 어느새 한쪽 손엔 저절로 제주 맛걸리가 파지되어 있었다.

브루스를 보면 문어를 잡는 데 그리 고도의 기술이 필요한 것 같진 않다. 그저 맨발로 참방참방 바닷물에 들어가서 투명한 물속에 문어가 보이면 손으로 그냥 휙 건져 올리면 된다. 더 많이 잡고 싶으면 브루스가 발명한 기구를 이용해서 손쉽게 확 낚아채 올리면 된다.

쫄깃쎈타에 오면 문어 잡이 교관 브루스의 지도 아래 문어를 잡는 짜릿한 경험을 만끽할 수 있을 것이다. 직접 잡은 문어는 아무래도 그 맛이 옴팡지게 뛰어나다.

한번은 문어를 잡으러 쫄깃쎈타 앞바다에 나갔던 쫄패와 몇몇 게스트들이 문어를 스물다섯 마리나 잡아왔다. 쫄깃쎈타 앞바다의 문어들이 이제 좀 긴장하며 살자며 긴급회의를 소집했을 것 같은 분위기다.

가족, 친구들을 잃은 문어들을 생각하니 억장이 문어지네.

석 양 종 결 자

쫄깃쎈타는 제주도의 서쪽에 위치해 있다. 초딩도 안다.
서쪽 하면 해가 지는 쪽이라는 것을……
그래서 쫄깃쎈타에서는 맑은 날에 1등급의 럭셔리 석양을 볼 수 있다.
이곳에선 누구나 석양의 무법자가 된다.
석양만 바라보고 있어도 그 시각적인 든든함에
배가 불러 세쌍둥이 임산부가 된다.

지는 해가 점점 더 좋아지는 걸 보니
나이 먹는 걸 티내는 것도 아니고
영락없는 할아버지 코스프레 같지만,
붉게 물든 하늘을 망막에 아로새기며
씁사래한 커피 한 잔 들이키고 있노라면
이건 뭐 세상이 다 내 것만 같다.

나는 이렇게 또 부자가 된다.

남의 성공이 곧 나의 성공이라고 생각한다.
내 주위의 모든 이들이 잘 먹고 잘 살았으면 좋겠다.
예전에는 나 혼자만 잘 먹고 잘 살면 된다는 생각으로
살았다.
심지어는 다른 사람이 나보다 더 잘 먹고 잘 살면
그 사람을 시기하고 질투하는 못된 버릇까지 가지고
있었다.

나만 잘 먹고 잘 살려는 그 이기적인 마음은 결국
나를 잘 먹고 잘 살지 못하게 만들었다.

내 욕심을 줄이려고 노력했다.
버리고 또 버리려고 노력했다.
남에게 더 퍼주려고 노력했다.

나의 욕심과 기대감을 낮추면 낮출수록
내 주위의 사람들은 행복해지는 것 같다.

나의 작은 노력으로
주위 사람이 잘 먹고 잘살게 되면
내가 비록 잘 먹고 잘 살지 못해도
그 인생, 참 보람찰 것 같다.

4장

오늘도
쫄깃!

스트레스는 싫어!

스트레스 받는 건 정말 스트레스 받어!

돈벌이, 그까짓 거보다

내가 재미있고 신나고

스트레스 안 받는 게 가장 중요하다.

어떤 일을 하면서 재미있고 신났으면

돈을 벌지 못했다 해도

스트레스 안 받았으니
결론적으론 몸엔 좋은 거지 뭐.

인생은 우리가 생각하는 것보다 의외로 짧고
인간은 누구나 조만간 죽는 건 자명한 사실이기 때문에
난 죽을 때까지 지켜야 할 목표를 확실히 세웠다.

스트레스 받는 일은 절대로 하지 말자.
진심으로 내가 하고 싶은 일을 하자.

단지 먹고 살기 위해 하는 일은 싫다.

절대로 돈 때문에, 돈에 쫓기며 일하지 말자.

마음이 동해서 몸이 움직이는 그런 일을 하자.

나랑 마음이 통하는 사람들과 똘똘 뭉치자.

쫄깃쎈타 운영이 바로 그런 일이다.

그래서 지금은 만화 그리는 일도 쉬고 있다.

지금은 만화를 그리고 싶지 않다.

쫄깃쎈타를 운영하는 게 더 재미있기 때문이다.

하지만 어느 날 문득 염통 가득히

만화가 그리고 싶어서 미칠 것 같을 때

난 또 다시 펜을 들고 커피와 함께

밤을 지새우며 만화를 그릴 것이다.

사공이 많으면 배가 산으로 간다는
속담이 있다.
그런데 배가 산으로 올라가는 모습,
꽤 멋지지 않은가?
내게 그 속담은 '불가능한 일이
가능해진다'는 뜻으로 읽힌다.
쫄패들과 함께 만들어나가는 쫄깃쎈타.
그래서 불가능한 일들이 가능해질 것
같은 느낌에 늘 염통이 두근거린다.

제주도의 겨울은
생명 단축의 계절

난 수족냉자격증 1급 소지자다. 겨울이 싫다. 추운 게 싫다.

그게 내가 제주도에 온 가장 큰 이유다. 아마도 제주도에 정착한 육지 사람들 중에 나와 같은 이유로 제주도에 내려온 사람들도 꽤 있을 것이다. 그래서 제주도에 오긴 왔는데 이게 웬걸! 뒤통수 제대로 맞았다.

제주도의 겨울은 웬만해선 영하로 잘 내려가지 않지만 습기를 잔뜩 머금은 매서운 바람 때문에 가끔은 육지의 겨울보다 더 춥게 느껴진다. 습기를 머금은 바람을 제대로 맞으면 그 한기가 뼛속까지 스며드는 것 같다.

그럼에도 불구하고 한겨울에 동네 어르신들은 아주 미칠 듯이 춥지 않은 이상 대부분 난방을 잘 하지 않고 전기장판 한 장으로 겨울을 거뜬히 나신다. 제주도엔 도시가스가 없어서 주로 기름으로 난방을 하는데 그 비용이 무척 부담되기 때문이기도 하다.

골이 딱딱 아플 정도로 추울 때마다 빨리 봄이 왔으면, 하고 마음으로 기도한다.

겨울별미,
귤 구이

뭐얏?! 귤을 구워 먹는다구?!

새콤달콤 맛있는 귤로 장난치지 마!

귤을 구워 먹는다고 하면 처음 듣는 사람들은 십중팔구 아니, 십중구십 위와 같이 반응할 것이다. 당연하지. 나도 처음 들었을 땐 그랬으니까. 귤은 보통 한겨울 베란다에 꺼내 놨다가 차갑게 해서 먹는 과일로 알려져 있는데 그 고정관념이 제주도에 와서 깨진 것이다.

세상에 정답은 없지. 고정관념은 깨지라고 있는 거니까.

귤구이는 별 게 없다. 난로나 오븐이나 직화구이 냄비나 후라이팬 등 구울 수 있는 모든 수단을 동원하여 열심히 귤을 구우면 끝! 귤을 가로로 사악~ 갈라서 껍질이 살짝 탈 때까지 구우면 된다.

맛은? 군고구마 맛과 유자차 맛을 동시에 만끽할 수 있다.

겨울 감기 기운에 몸부림칠 때 먹는 귤 구이는 처방약 그 자체다. 길고 따분한 겨울밤 따끈따끈 달달한 분위기를 만들어주는 귤 구이.

우린 올겨울에도 쫄깃쎈타에서 열심히 귤을 구워 먹을 것이다.

인스턴트 보약

컵라면을 그닥 좋아하지 않는다. 워낙 연약한 장의 소유자라서 먹으면 소화도 잘 안 될 뿐더러 인공 조미료 잔뜩 머금은 그 느끼한 맛이 혀에 무차별 린치를 가하는 것만 같다. 그래서 웬만하면 입에 대지 않으려 한다.

하지만 예외도 있다. 한라산 중턱 휴게소에서 컵라면을 파는데 가끔 한라산에 오를 때마다 학교 앞 분식집 떡볶이 챙기는 여고생마냥 꼭꼭 챙겨 먹는다.

용기에서 환경호르몬이 나온다, 몸에 좋지 않은 인공조미료 국물이다, 싸구려 기름으로 튀긴 면발이다…… 말도 많고 탈도 많아 그다지 호감이 가지 않는 게 컵라면이라지만 등산하느라 화끈화끈 잔뜩 상기된 기분으로 한라산 중턱에서 꿀풍경을 바라보며 먹는 컵라면은 왠지 보약을 챙겨 먹는 듯한 느낌이다. 특히 한겨울에 한라산 눈꽃을 보러 가서 먹는 컵라면은 골백번 강추해도 모자라지 않다.

아무리 몸에 좋지 않은 음식이라도 기분 좋게 그 순간을 즐기며 먹는다면 인상 잔뜩 쓰고 불쾌한 기분으로 먹는 무농약 유기농 영양 만점 식단보다 더 몸에 이익이라고 생각한다. 그렇게 따졌을 때 한라산 중턱에서 먹는 컵라면은 그야

말로 '인스턴트 보약'인 셈이다. 물론 앞으로 오래오래 대대손손 잘생긴 한라

산의 자연을 만끽하려면 자신이 먹은 컵라면 용기는 잘 챙겨 가지고 내려와 지

정된 휴지통에 버려야 하는 것은 상식. 대자연에 대한 기본 예의다.

샛노란 콧물 대롱대롱 꼬꼬마 시절부터 난 영화광이었다. 중, 고등학교 시절에도 분식집보다 비디오 가게를 더 좋아했고 떡볶이는 못 먹어도 영화는 꼭 봐야 했다. 같은 반의 모든 친구들에게 100원씩 꿔서 목돈을 만들어 극장을 내 집처럼 들락날락거렸다. (100원 정도는 안 갚아도 된다는 나쁜 꼬맹이의 계략) 나처럼 광적으로 영화를 좋아하는 같은 반 친구들과 함께 영화감독이나 영화제목 심지어는 스태프들까지 외우는, 나름 엘레강스하고 지적인 게임을 즐겼다.

– 택시 드라이버의 감독은?

– 마틴 스콜세지!

– 스티븐 스필버그가 1976년에 만든 영화는?

– 죠스!

– 영화 〈언터처블〉의 음악을 맡은 사람은?

– 엔니오 모리꼬네!

이런 식으로 녀석들과 함께 지적 허영심의 바다에서 스쿠버 다이빙을 즐겼다.

어렸을 적 나의 꿈 중 하나는 나만의 극장을 갖는 것이었다. 남자의 로망이라고 하지 않는가. 자신의 집에 나만의 극장을 갖는 것! 북한의 우두머리 김정일은 명실공히 우리의 적이었지만 사실 난 김정일이 무척 부러웠다. 김정일은 자신의 집에 자신만의 극장을 가지고 있잖아. 적어도 내게 김정일은 남자였던 것이다! 점점 코밑에 수염 송송 어른이 되어 가면서도 최신형 TV 따위는 안중에 없었지만 나만의 극장은 꼭 갖고 싶었다. 부러우면 지는 거라지만 지인 중에 집에 커다란 스크린과 돌비 서라운드 AV 시스템을 갖춘 이들을 보면서 그렇게 난 패배자가 되어 갔다. 그리고 쫄깃쎈타를 지으면서 결국 꿈은 이루어졌다. 쎈타 지하에 극장을 만든 것이다. 감히 극장이라고 부르기엔 좀 부족한 면이 없지 않아 '많'지만 누구나 실컷 영화를 볼 수 있는 끝내주는 공간을 만들고야 말았다. 추적추적 60분 비가 내리는 날 시원한 캔맥주 하나 들고 내려가서 홀짝거리면서 보면 더욱 운치가 있다. 마른오징어 대신 고독을 씹으며 혼자 봐도 좋고 애인과 들어가서 몰래 쪽쪽 뽀뽀질 하면서 봐도 좋고 다른 게스트들과 떼를 지어 깔깔대며 함께 봐도 좋다. 500여 장이 넘는 다양한 DVD들이 꽂혀 있어서 언제든지 맘에 드는 영화를 골라 볼 수 있다. 하지만 사실 맘에 드는 영화를 발견하기가 좀 쉽진 않을 것이다. 내 개인적인 취향이 담긴 DVD들이 많기 때문이다. 가끔 트위터 친구나 게스트들이 보내준 영화도 있지만 대부분은 옛날 흑백영화나 B급 괴물영화, 예술영화들이다.

아니 어떻게 매번 단 음식만 먹냐구~ 가끔은 몸에 좋은 쓴 음식도 먹어 줘야지.
기껏 제주도까지 놀러 와서 무슨 영화나 보고 있냐고 핀잔을 줄 수도 있겠지만
아 뭐 어때! 청정자연 제주도에 왔다고 꼭 양발바닥 닳도록 돌아다녀야 한다는
법이 있남? 고정관념은 아 쫌~ 깨라고 있는 것이잖아! 쫄깃쎈타에 놀러 왔
던 어느 지인은 그러더라. 여기저기 돌아다녔던 기억보다 쫄깃극장에서 실컷 영
화 보고 맥주 한잔 마시면서 영화에 대해 나눴던 대화들, 그 순간의 기억들이 더
좋았다고. 쫄깃극장의 최종목표는 우리가 직접 찍은 영화를 상영하는 것이다. 코
미디도 좋고 멜로물도 좋고 다큐도 좋고 호러물도 좋다. 뭐든 좋으니 제주도를 배
경으로 한 영화를 찍어보고 싶다. 그깟 영화 찍어서 무슨 돈이 되겠냐구? 돈 때문
에 하는 거 아니다. 아니 어떻게 돈만 벌며 사나? 놀고 싶어서 하는 거지.

쫄패들과 게스트들과 영화 찍기 놀이! 와~ 생각만 해도 멋지다!

윈드서핑

반팔차림이 더 이상 어색하지 않은 따뜻한 날,
쫄깃쎈타 거실 창밖으로 바다를 보면
윈드서핑을 즐기는 사람들이 눈에 들어온다.
윈드서퍼들이 부러운 것은 아니다.
하지만 객관적으로 옴.팡.지.게 멋있는 건 사실.
형형색색 윈드서퍼들이 에메랄드빛 바다 위를
둥실둥실 떠다니고 있는 광경은 참으로 아름답다.
윈드서핑을 유심히 관찰해보면
바람에 맞서는 게 아니라
바람에 몸을 실고 바람의 방향에 따라 이동한다.
정확히 어디에서 어디까지 가는, 그런 것이 중요한 게 아니라
지금 이 순간
그저 신나게 바다를 가르고 있다는 사실이 중요하다.
지금 내가 역동적으로 움직이고 있다는 사실이 중요하다.
마찬가지로 내가 앞으로 어떻게 될까는 중요하지 않다.
내가 지금 무엇을 하고 있느냐가 중요하다.

과연 지금의 난, 인생이라는 바다 위에서
신나게 윈드서핑을 즐기고 있을까?

지구온난화로 제주도가
점점 아열대기후로 바뀌고 있다고 한다.
느닷없는 국지성 호우로 인한 피해가 속출하고
제주 앞바다에서는 열대지역에 사는 물고기들이 발견된다.
그런데 가뭄은 심해져 많은 농민들이 한숨만 내쉬고 있다.
이러다 우리가 즐겨 마시는 '삼다수'의 수원인
제주도 지하의 용천수도 다 말라버리는 건 아닌지……
용천수도 결국 석유와 같은 유한의 존재이니까 말이다.

협재리엔 유난히 제비가 많다. 제비가 많은 곳은 청정지역이라는 얘기를 얼핏 들은 적이 있는지라 동네 여기저기 제비들이 판을 치고 있는 모습을 보고 있노라면 이토록 맑고 깨끗한 동네에 살고 있다는 것에 뿌듯함을 느끼곤 한다.

봄이 되자 제비 한 쌍이 쫄깃쎈타 외벽 구석에 둥지를 틀기 시작했다. 제비의 둥지 공사구역 아래엔 게스트들을 위한 벤치가 있는데 처음엔 쫄패 브루스가 벤치에 똥이 쌓일 거라며 긴 빗자루를 붕붕 휘둘러 둥지 만드는 것을 막아보려 했지만 결국 제비의 끈질긴 공세에 자리를 내어주고 말았다.

그래도 새 가족이 생긴다는 건 기분 좋은 일이다. 점점 튼실하게 모양을 갖춰가는 둥지를 보니 뿌듯하기도 하다.

그토록 살고 싶던 제주도에 어느새 둥지를 틀고 살아가는 내 신세가 제비와 별반 다르지 않은 것 같아 둥지를 볼 때마다 입가에 미소가 걸린다.

낮술 한잔
합시다!

원래 술 한 잔만 마셔도 얼굴이 빨개지는 체질인지라 잘 익은 토마토 같은 얼굴로 사람들 많은 대중교통 타는 게 민망해서 술 먹고 귀가할 때는 항상 택시를 탔고 부모님께 빨간 얼굴을 보여 드리는 게 또 민망해서 집에 들어가기 전에 완벽하게 얼굴을 멀쩡하게 만드는 게 습관이었다. 특히나 낮술은 밤술보다 더 빨리, 더 강렬하게 술기운이 오르기 때문에 도시에 살 적엔 내게 낮술은 금기사항이었다.

대낮에 홍대쪽 카페에서 무심코 맥주 한 병 마시는 호기를 부렸다가 사람들이 모두 나만 쳐다보는 것 같아 민망해서 쥐구멍을 찾고 싶었던 적도 있다.

하지만 시골마을에 살게 되면서 낮술은 내게 또 하나의 즐거움이 되었다. 점심밥 먹으면서 반주로 제주 맛걸리 한잔 걸치는 건 쫄깃한 일상이 되었다.

가끔 들리곤 하는 옆 동네의 이름 모를 횟집이 있다. 물회가 맛있기로 소문이 자자하다. 물회가 바늘이라면 실은 한라산 소주! 물회를 먹는데 한라산 소주가 또 빠질 수 없지. 새콤달콤 얼큰한 물회 한 숟가락 입에 넣고 우물우물 씹다가 차디찬 소주 한잔 목구멍으로 넘어간다. 캬~

한 잔 마시면 또 한 잔 마시고 싶고, 한 병 마시면 또 한 병 마시고 싶고. 그러다 해가 지지도 않았는데 얼굴에 벌겋게 노을이 진다.

얼큰하게 낮술을 마신 후 빨개진 얼굴로 바닷가를 통해 좌비틀 우비틀 쫄깃쎈타로 향한다. 햇볕은 쨍쨍 염통은 두근두근 몸이 너무 달아오른다 싶으면 시원한 바닷물에 살포시 두 발을 담그기도 한다. 술기운이 제대로 올라서 그런지 에메랄드빛 예쁜 바다가 더욱 예뻐 보인다. 아예 슬리퍼를 벗어 양손에 들고 새하얀 모래밭을 걷는다. 부드러운 모래 속으로 두 발이 푹푹 빠지는 느낌이 너무 좋다. 만취하면 아스팔트 길을 걸어도 발이 푹푹 빠지는 느낌이 나는데 이건 아예 모래밭을 걸으니 이러다가 모래 속으로 온몸이 빠져들 것 같다.

걷다가 좀 지치는가 싶으면 모래밭에 누워 파도소리를 배경음악 삼아 낮잠을 한숨 때린다. 백사장에서 낮잠 한숨 때린다고 뭐라 할 사람 아무도 없다. 혹시라도 지나가던 떠돌이 백구 한 마리가 와서 치덕치덕 얼굴을 핥을지도 모르지만.

낮잠 한숨 푹 자고 나면 어느새 얼굴은 평상시 모습으로 말짱 뽀샤시하게 돌아와 있다.

아이구! 낮술 한번 잘 먹었습니다. 꾸벅~

쫄깃쎈타에 없는 것

쫄깃쎈타에는 TV가 없다. 자연을 벗 삼아 쉬러 와서는 숙소에서 TV를 보거나 게임기나 주물럭거리고 있는 모습, 난 도저히 이해할 수가 없다. 조금이라도 더 맑은 공기를 마시고 조금이라도 더 멋진 풍경을 봐야 할 시간에 TV에 정신이 혼미해져 있다니, 이게 무슨 보양음식에 MSG 뿌려 먹는 짓인가!

그런데 텔레비전이 없는 쫄깃쎈타엔 사실 텔레비전이 있기도 하다. 뜬금없이 웬 말장난이냐고?

비양도 쪽 바다를 향해 있는 벽 쪽에는 큰 통창이 하나 있는데 제주도는 워낙 기후의 변화가 잦은 곳이라 그 창은 매일매일 매순간순간 다른 풍경을 보여준다. 우린 이 통창을 쫄깃쎈타 3D 입체 TV라 부른다.

바보상자가 아닌 아무리 오래 봐도 유익한 럭셔리 TV라고 할 수 있겠다.

커다란 배낭 하나에 들어가는 물건만으로 평생을 살 수 있을까? 말 그대로 나의 전 재산을 배낭 안에 넣고 사는 것이다.

한때 난 옷에 관심이 무척 많았다. 특히 꽃무늬를 좋아해서 꽃남방을 즐겨 모았다. 남들이 잘 입지 않는 특이한 옷이야말로 진정한 옷이라고 생각했다. 물론 입고 다니면서 남들의 시선을 받는 것도 좋아했다. 그런데 어느 순간 갑자기 그게 나의 진짜 모습이 아니라고 느껴졌다. 언제부턴가 내가 옷을 입는 것이 아니라 옷이 나를 입고 있었다.

내 몸에 입혀지지도 않으면서 옷장 속에서 무의미한 나날을 보내는 옷들도 너무 많았다. 제 기능을 하지 못하고 그저 잡동사니가 되어 버린 옷이 애처로웠다. 그래서 내가 소화할 수 있을 정도의 옷만 남겨두고 모두 버리거나 기증했다. 지금은 여기서 더 줄이고 줄였다.

— 점퍼 한 벌

— 청바지 한 벌

　　― 반바지 한 벌

　　― 티셔츠 세 장

　　― 가디건 두 벌

　　― 팬티 네 장

　　― 트래킹화 한 쌍

　　― 슬리퍼 한 쌍

이것이 내가 내 몸을 가리고 보호할 수 있는 물건의 전부다.

이 시대의 옷은 실용적인 면을 떠나서 자신의 개성을 표현하는 역할을 한다지만 이제 난 어떤 허름한 옷을 입더라도 사람 자체가 멋지다면 옷까지 멋있어진다고 믿는다. (물론 패션업계 관계자분들은 코웃음을 치겠지만……)

옷 다음으로 버리기 어려웠던 것이 수많은 책과 음반, DVD들이었다. 사실 이 녀석들을 처리하기 위해 쫄깃쎈타를 지었다고 해도 과언이 아니다. 나의 책, 음반, DVD들을 평생 가지고 있으면서 썩힐 게 아니라 많은 사람들과 함께 공유하고 싶어서 모두 쫄깃쎈타에 기증했다. 쫄깃쎈타에 있는 책, 음반, DVD들은 이젠 더 이상 나의 물건들이 아니다. 쫄깃쎈타에 머물러 있는 모두가 주인이다.

가끔 시간이 날 때마다 배낭 안에 있는 물건들을 다시금 들여다보곤 한다. 혹시 지금 쓰이지도 않으면서 무의미하게 자리만 차지하고 있는 그런 불쌍한 물건들은 없는지…….

물건도 추억이 아니냐고들 한다. 물건으로라도 추억을 남기고 싶지 않냐고 한다. 그런데 이제 난 물건으로 남는 추억보다는 나의 마음속의, 나의 머릿속의 추억들이 좋다. 잊히면 잊히는 대로 내버려 두기로 했다. 추억과 미련을 확실히 구분하며 살기로 했다. 카메라로 정신없이 석양을 찍고, 좋은 카메라들을 모으는 것보다는 조용히 또 천천히 석양을 눈에 담는 바로 그 순간의 느낌이 더 소중하다. 굳어 있던 나의 혀에 맛있는 음식들로 맛있는 추억을 남겨주는 것은 좋다. 하지만 그냥 썩혀 버릴 온갖 식재료로 냉장고를 포화상태로 만드는 것은 싫다.

현재 내가 쓰고 있는 물건이 아니라면 더 이상 내 물건이 아니라고 생각한다. 그 물건이 필요한 사람에게 선물로 주거나 기증하거나 아니면 과감히 버린다. 수집가들의 취향은 물론 존중하지만 난 그렇게 물건에 얽매여 살고 싶지 않다. 물건도 흐르는 물 같아야 한다고 생각한다.

언젠가 나에게 죽음의 순간이 다가온다면 난 마지막으로 나의 배낭을 태워 버릴 것이다. 혹시라도 내가 안타깝게 비명횡사하게 되면 가까운 누군가가 나의 배낭을 태워줬으면 좋겠다.

어차피 이 세상에 태어날 때 가진 것 하나 없이 태어났으니 갈 때도 아무것도 없이 가고 싶다.

촌 스 러 워 진 다 는 것 이
얼 마 나 멋 진 일 인 지
도 시 사 람 들 은 잘 모 른 다 .

쫄패 이윤석

경쟁하는 삶

제주도에서의 삶을 시작하면서
지긋지긋했던 그 망할 궤도에서
어느 정도 이탈했다고 생각했다.

착각이었다. 대단한 착각이었다.

난 그저
또 다른 '경쟁'이라는 궤도로
환승한 것이었다.

경쟁 없는 곳에서 살기란,
어쩌면 내게 영원히
불가능할지도 모른다.

사실 그 궤도는 미련하게도 매번
시기와 질투로 헝클어진 내 마음이
만들어내는 것임이 확실하다.

진심으로 남이 잘사는 것을 기원하는 삶,
내가 먼저 마음을 열고 함께 누리는 신명나는 삶,
결국엔 나에게 성공이기도 한 그 축복의 삶을 위해

오늘도 난 어리석은 내 마음과 경쟁해야 한다.

평소에 환경보호에 관심이 많다. 어려서부터 사람들이 길바닥에 쓰레기 버리는 것을 무척이나 싫어했고 길에 버려져 있는 쓰레기를 주워서 쓰레기통에 갖다 버리는 도에 지나치게 올바른 어린이였다. 세상에서 가장 존경하는 인물이 환경미화원이었다. 거리의 더러움을 물리치는 환경미화원이야말로 지구를 지키는 진정한 슈퍼히어로라고 생각했으니까.

제발 매연 없는 세상에서 살고 싶었다. 버스 똥꾸멍에서 뿜어져 나오는 매연을 볼 때마다 그 어린놈이 벌써부터 시골생활을 꿈꾸고 있었다. 환경에 관련된 책도 부지런히 많이도 읽었고 환경 다큐멘터리 챙겨 보는 것도 무척 좋아했다.

차가 싫으니 평생 운전면허를 따지 않겠노라고 다짐했고 웬만한 거리는 자전거를 타거나 걸어 다니는 것이 습관이 되었다. 샴푸는 절대로 쓰지 않고 샤워는 되도록 물로만 하며 혹시라도 좀 더 깨끗하게 씻고 싶을 땐 비누를 사용했다. 음식물 쓰레기를 최소화하려고 딱 먹을 만큼만 조리했다.

그래서 남들보다는 조금이라도 더 환경친화적으로 살고 있다고 생각했고 이런 나의 생각들을 트위터에 자주 올렸다. 그러던 어느 날 트위터상에서 누군가가 나에게 비난글 하나를 남겼다.

"네 놈이 제주도에서 숙박업소를 운영하고 있는 것 자체가 환경을 파.괴.하.는 무책임한 행동이 아니냐!"

거친 표현 때문에 처음 봤을 땐 기분이 무척 나빴지만 생각해보면 결국은 맞는 말이었다. 딱! 뒤통수를 세게 맞은 듯한 느낌이었다.

유기견 다행이를 키우면서도 그랬다. 똥, 오줌을 조금이라도 편하게 치우고 싶어서 휴지와 일회용 물수건을 많이 썼다. 게다가 똥, 오줌용 패드 사용량도 엄청났다. 어느 날 여성 쫄패 한 분이 나를 향해 정곡을 찔렀다.

"메가님은 늘 친환경에 대해 강조하시는데 왜 그렇게 일회용품을 많이 쓰시는 건가요?"

혀가 딱딱하게 굳어버렸다. 땀구멍에서 땀이 용천수마냥 솟았다. 당연히 내 잘못이었다. 할 말이 없었다.

게다가 아침마다 메뚜기 수프를 끓이면서 싱크대에 걸려 있는 수건 대신 종이타올을 즐겨 쓰는데 나름 손에 있는 세균을 말끔히 없애려는 의도였지만 결국은 일회용품을 남발한 셈이었다. 어찌 보면 난 여전히 환경에 좋지 않은 영향을 끼치면서 살고 있었던 것이다. 그리 떳떳하지 못한 상태로 친환경을 입에 담는 본인이지만 그래서 내가 할 수 있는 한 1g이라도 더 친환경적인 삶을 위해 노력한다.

가끔 게스트들 중에 밖에서 회를 먹고 오면서 술김에 매운탕을 포장해 오는

샴푸를 안 쓰려고 머리도 잘랐어요

분들이 있다. 물론 함께 나눠 먹자는 그 마음 이해 못하는 건 아니지만 안타깝게도 그 매운탕은 거의 먹지도 않고 그대로 버려지는 게 현실이다. 그래서 가급적이면 횟집 가면 맛있게 드시고 매운탕은 가지고 오지 말아 달라고 부탁한다. 가끔 쫄깃쎈타에서 크게 술자리가 벌어지면 게스트들이 직접 안주를 만들기도 하는데 혹시라도 음식이 남으면 그대로 쓰레기가 되기 때문에 너무 많이 조리하지 말고 먹을 만큼만 해달라고 간곡히 부탁한다.

쫄깃쎈타 이곳저곳을 순찰하다가 사람도 없는데 켜져 있는 전등은 바로 끄고 아무도 없는 곳에 선풍기나 에어컨이 돌아가고 있으면 악착같이 바로 꺼버린다. 일회용 종이컵이나 젓가락 사용은 되도록 자제해 달라고 부탁드린다.

100% 친환경적인 삶을 살 수는 없다. 하지만 나처럼 다소 부족한 면이 있더라도 친환경적인 삶에 대해 고민을 하는 것만으로도 이 세상이 충분히 바뀔 수 있다고 생각한다.

바위 하나는 강물의 방향을 바꿀 수 없지만 그 바위가 하나둘 쌓이고 쌓여서 모이면 결국 강물의 방향을 바꿔 버릴 수 있는 법이다. 완벽하진 못하더라도 우린 다 함께 친환경적인 삶을 위해 노력해야 한다. 지구는 우리가, 또 앞으로 우리의 후손들에게 물려줘야 할 삶의 터전이기 때문이다.

제주도엔 관광지가 많기 때문에 그만큼 쓰레기도 많다. 올레길을 걷다가 길 구석에 페트병이 산을 이루고 있는 모습을 보고 경악을 금치 못했던 적도 있다.

누군가 무심코 버린 페트병 위에 올레꾼들이 계속 페트병을 버려 쌓인 것이다.

쫄깃쎈타가 있는 협재 앞바다도 예외는 아니다. 해수욕장이 개장하는 여름엔 그나마 관리가 되지만 그 외의 계절에는 그야말로 쓰레기 반 모래 반이다. 바다 앞을 산책하던 도중 내 옆을 지나가던 어느 외국인이 쓰레기 더미들을 보고 어이없어하던 표정을 잊을 수 없다.

쓰레기 만드는 재주도 좋은 제주도, 이러다 언젠가 난지도가 될지도 모른다.

쫄패 브루스와 제주도에 처음 왔을 때 올레길을 걸을 때마다 비닐봉지를 지니고 다니면서 열심히 쓰레기를 줍곤 했는데 앞으로도 게스트들과 올레길을 걸을 때면 함께 쓰레기봉투를 들고 다니며 쓰레기를 줍는 친환경 트래킹을 하고 싶다.

나는 과연 환경친화적인 삶을 살고 있는가?

숨 쉴 때마다 고민하고 또 고민한다. 물론 실천하는 것이 가장 중요하지만 고민하는 것 그 자체만으로도 충분히 의미가 있다고 생각한다. 이 세상엔 아직도 고민조차 하지 않는 사람들이 더 많으니까 말이다.

앞으로 뭐하면서
쫄깃하게 놀아볼까?

쫄깃쎈타는 단순한 게스트하우스가 아니다.

애초부터 내가 구상했던 쫄깃쎈타는 게스트하우스의 탈을 쓴 '문화 창조 공간'이었다.

무협영화 〈신용문객잔〉을 보면 재미있는 설정이 나온다. 겉모습은 평범한 여관이지만 사실 그 이면에는 엄청난 비밀이 있었으니 그것은 바로 인육으로 만두를 만드는 무시무시한 곳이었던 것이다. 물론 너무 지나친 비교일 수도 있겠지만 쫄깃쎈타가 그 정도의 비밀을 간직한 무시무시하게 재미있는 공간이 되었으면 한다.

하지만 쫄깃쎈타가 오픈한 이후로 지금까지는 게스트하우스 운영하기만도 많이 벅찼던 것이 사실이다. 이젠 게스트하우스를 운영하는 데 어느 정도 다들 요령과 여유가 생겨서 원래 우리가 추진하고 싶었던 비밀스러운 일들을 본격적으로 진행해볼 수 있게 되었다.

1. 호러 영화제를 만들어보자!

제주도는 다양한 귀신들이 사는 섬
이라고 한다. 무려 2,000여 종이 넘는
귀신들이 있다는 글을 본 적이 있다. 그
만큼 그동안 아픔이 많았고 그래서 원
혼들이 많은 섬이라는 얘기다. 귀신들
이 많은 섬에 호러 영화제라 이건 뭐 환
상의 궁합이 아닐 수 없다. 혹시 제주도

특유의 지형인 '곶자왈'을 걸어본 적이 있는가? '곶자왈'은 평평한 화산지형에
생긴 거대한 숲인데 제주도의 허파 역할을 한다. 곶자왈을 혼자 걷다 보면 호러
영화에 단골로 나오는 숲처럼 스산함이 물씬 풍긴다. 나와 내 동생 워너니 우리
형제 모두 어려서부터 호러영화를 무척 애정했다. 그래서 언젠가는 제주도에
꼭 세계적인 호러 영화제를 유치하는 게 꿈이다. 아울러 우리가 직접 제주도를
소재로 한 호러영화를 만들어서 상영하고 싶다.

2. 제주도를 소재로 한 디자인 티셔츠를 만들자!

제주도 여느 관광지에 있는 가게에서 파는, 그다지 입고 싶지 않은 허접한 디
자인의 티셔츠 말고 정말 입고 싶은, 그럼으로써 자연스럽게 제주도를 홍보할
수 있는 티셔츠들을 많이 만들어 판매해보고 싶다. 쫄깃쎈타를 짓기 위해 제주

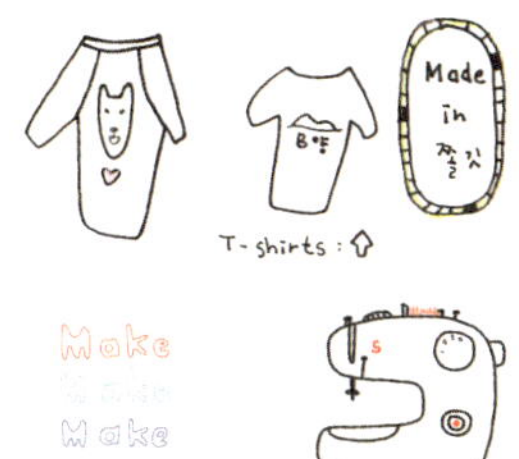

도에 정착하려고 팔았던 '쫄깃 티셔츠'가 그 시초였고 앞으로도 다양하고 재미있는 디자인의 티셔츠들을 많이 만들어보고 싶다. 감각 있는 일러스트 작가들을 많이 섭외해서 그들이 제주도를 소재로 그린 멋진 작품들을 활용해 티셔츠를 제작해보고 싶은 계획도 있다.

3. 멋진 공연장을 만들자!

얼마든지 소음이 발생해도 상관없는 외딴 곳에 위치한, 더 이상 쓰지 않은 큰 창고를 구입해 개조해서 공연장으로 만들어 전국의 재간둥이 음악인들을 초청해 멋진 공연을 자주 선보이고 싶다. 그래서 현재 홍대 붙박이 대중문화 평론가 김작가와 열심히 작당을 하고 있는 중이다. 아울러 협재리 앞바다에 음악 페스티벌을 개최하거나 제주도 안에 독립 레이블을 만들고 싶은 꿈도 있다.

4. 제주도를 소재로 한 재미있는 책들을 만들자!

지금까지 출판되었던 제주도를 소재로 한 그저 그런 책이 아닌 보다 구체적으로 집요하게 제주도의 진면목을 소개할 수 있는, 하지만 재미있고 쉽게 읽을 수 있는 책들을 많이 만들어보고 싶다. 이를테면 제주도에 널리고 널린 게으른 강아지들을 소개하는 책, 제주도 전역에 있는 다양한 모양의 돌하르방들을 소개하는 책, 무엇보다 깊숙이 제주도의 속살을 사람들에게 알릴 수 있는 그런 멋진 책들을 많이 만들어보고 싶다. 1인 출판에도 관심이 많다. 사진을 잘 찍는 쫄패 윤석이와 함께 사진집도 만들어보고 싶다.

5. 무농약 농사와 쫄깃젤리!

쫄패들이 힘을 합쳐 무농약 농사에 도전해보고 싶은 생각도 있다. 자발적으로 좋은 농산물을 생산해 재미있고 기발한 마케팅 방식으로 판매해보고 싶다. 개인적으로 '농사'야말로 앞으로 가장 각광받을 미래형 직업이라고 생각한다. 그리고 '쫄깃'이라는 단어에 맞게 무농약 감귤을 가공해서 젤리를 만들어 재미있고 독특한 디자인의 패키지로 판매해보고 싶은 쫄깃한 계획도 있다.

　지금의 쫄깃쎈타가 있는 '협재리'에 처음 정착할 당시에는 협재리를 '홍대 앞' 이나 태국의 '카오산로드' 처럼 시끌벅적 신나는 동네로 만들고 싶다는 생각이 있었다. 그런데 사실 이젠 좀 고민이 많아졌다.

　어느 한 지역에 예술가들이 모이면 모일수록 자연적으로 자본이 관심을 가지게 되어 있고 자본이 유입되면 결국 다시 예술가들이 그 지역에서 쫓겨나는 악순환, 이를테면 지금의 홍대앞 같은 그런 암담한 상황이 반복되지 않으리란 법이 없다.

무엇이 최선인지는 모르겠지만 최대한 천천히 심사숙고하면서 충분한 대화와 소통을 통해 무엇보다도 자본에 휘둘리는 게 아니라 마을 구성원 하나하나가 스스로 자발적으로 능력을 발휘해 조금은 느리더라도 튼튼하고 균형적으로 발전해 가는 그런 쫄깃한 동네, 결국엔 그런 쫄깃한 동네들이 많아져서 쫄깃한 제주도가 되었으면 좋겠다.

우리가 그토록 꿈꿔 왔던 쫄깃쎈타, 장담하건데 이제 시작이다!

어렸을 적엔 뭘 해도 재미있었지.

아무것도 안 하고 있어도 재미있었다.

하지만 나이를 먹고 점점 어른이 되면서 깨닫게 된다.

어른은 재미없는 것도 해야 한다는 것을…….

제주도에 살게 되면서 인생의 목표를 세웠다.

다시 어린 시절 아이처럼 살고 싶다.

이제 난 더 이상 재미없는 건 하지 않겠다.

앞으로 얼마나 더 살게 될진 모르겠지만

하루하루 매순간순간 스트레스 받지 않고 재미있게 살고 싶다.

바로 지금 이 순간 재미를 느낄 수 있는 사람이어야

나중에 나이 들어서도 재미있는 삶을 누릴 수 있다고 생각한다.

지금 재미있게 놀 줄 모르는 사람은 늙어서도 똑같지.

일밖에 모르는 사람은 늙어서도 일만 하다가 저세상으로 간다.

재미있게 살려면 무엇이 필요할까?

돈?

그래. 다들 돈이라고 말하겠지. 뭐 어느 정도는 필요할 거야.

기본적으론 돈으로 굴러가는 사회니까……

하지만 정말 돈이 많아야 재미있는 인생이 가능할까?

돈 없이는, 아니 적은 돈으로는 재미있는 생활이 불가능한 걸까?

이건 확실하게 말할 수 있어.

돈이 많으면 많을수록 사람들은 만족하지 못하고

더더욱 돈을 좇게 된다는 것.

재미있게 살려면 일단 몸이 건강해야 해.

몸이 건강하려면 마음이 여유로워야 한다.

물론 도시생활 속에서도 여유로운 사람은 있지.

하지만 불행하게도 난 그런 부류의 사람이 아니었다.

도시에서 나의 마음은 여유로울 수 없었다.

늘 쫓기는 듯 불안하고 숨이 가빴고

이마 가득 문신처럼 인상을 새기고 다녔다.

도시는 배는 부르지만 마음은 고픈 곳이었다.

결국은 어떻게든 나를 남과 비교하면서 살 수밖에 없는 곳,

도시는 알게 모르게 나에게서 많은 것을 앗아가 버렸다.

그래서 내 삶에 균열이 더 심해지기 전에 도시를 떠나기로 결심했다.

어떻게 하면 매일매일 매순간순간 재미있는 사람이 될 수 있을까?

난 오늘도 제주도 쫄깃쎈타에서 그 해답을 찾고 있다.

'쫄패'라는 이름의 밴드

대중음악평론가 김작가, 쫄패와 수다를 떨다

2010년까지, 제주는 나에게 전혀 가고 싶은 곳이 아니었다. 용케 수학여행, 졸업여행 등 단체로 갈 일이 없었다. 관광지는 원채 질색이었다. 그 돈이면 동남아가 더 싸다는 이야기도 많이 들었다. 적잖이 외국을 나갔음에도, 그래서 제주를 가본 적이 없었다. 그저 관광의 섬일 뿐, 여행의 섬은 아니었다. 그런 선입견이 있었다. 적어도 메가쑈킹을 만나기 전까지는 그랬다. 우리는 2010년 여름 어느 날 처음 만났다. 그의 만화는 알고 있었으되 딱히 즐겨보지는 않았으니 팬이라고 할 수는 없었다. 그 역시 나의 활동 분야는 잘 몰랐다. 그러니 사람과 사람으로 만난 셈이다.

그날부터, 우리는 매일 술을 마셨다. 석 달을 내리 새벽까지 마셨다. 지금은 없어진, 홍대 앞 커피 중심에서 그는 '쫄깃 티셔츠'를 팔았다. 밤이 내리면 친구들을 하나 둘씩 불러 모아 새벽까지 이곳에서 저곳으로 옮겨다니며 술을 마셨다. 적어도 열 명, 많으면 스무 명 이상의 친구들이 그의 부름을 받고 술자리에 합류했다. 그 자리가 뜸해진 건, 메가쑈킹과 브루스가 제주도로 내려간 이후였다. 날이 쌀쌀해질 무렵이었다. 2011년 초, 술친구들이 보고 싶어 훌쩍 제주행 티켓을 끊었다. 30여 년간 쌓여온 제주에 대한 선입견이 깨진 것은 며칠

이 채 걸리지 않았다. 일반적으로 제주와 어울리지 않는 이미지인 추운 겨울임에도 제주는 내 삶을 스쳐 갔던 어떤 곳과도 달랐다. 가장 좋았다는 말은 하지 않겠다. 그저, 서울로 돌아온 다음 날부터 생각나는 곳이었다고 해두겠다.

그때 나는 한겨레 목요일 섹션인 ESC의 객원기자로 활동하고 있었다. 그 지면에 제주 이야기를 쓰고 싶어졌고, 제주가 좋아 육지를 떠난 사람들에 대한 아이템을 냈다. 아직 제주 이민이 세상에 그리 알려지지 않았던 때였다. 객원기자로서는 이례적으로 출장 허가가 났고, 다시 제주행 비행기를 탔다. 박준석, 이윤석, 오민기, 이효준, 윤영현을 만난 건 거기서였다. 생판 처음 보는 남자들이 생판 관련 없는 사람이 만드는 집을 돈 한 푼 받지 않고 짓는다니, 이게 도대체 말이 되나. 그들과 처음 인터뷰를 했을 때 이윤석이 했던 말이 아직도 또렷하다. "돈 받고 하는 거였으면 안 했죠." 그 뒤로도 계속 제주를 찾았다. 한 달에 한 번씩, 일주일 꼴로. 쫄깃쎈타가 지어지는 과정을 띄엄띄엄 지켜봤다. 쫄패들이 머물던 모슬포 숙소에서 맛있는 것도 먹으러 다니고, 놀러도 다녔다. 봄과 여름, 가을과 겨울이 달랐다. 자연과 함께 살았던 옛 조상들이 만들어냈던 자연에 관한 표현들은 제주에서 비로소 그 참된 의미를 내게 던져주곤 했다. 그리고 쫄쎈이 완공됐다.

집을 짓는다는 것은 아마 남자들의 오랜 로망이었을 것이다. 어릴 때는 단독 주택 생활이 일반적이었다. 1층짜리 건물을 2층으로 올리던 날, 아버지의 흐뭇한 표정은 내 가장 오랜 기억의 하나다. 제대 후에 파주 어딘가에 단출한 전원주택을 짓고 손수 담장을 두르고, 정원을 꾸미시던 아버지의 표정은 내 머릿속 당신의 가장 흐뭇한 얼굴이다. 우리 세대에 집을 짓는다는 건, 서울에서 살면서 집을 짓는다는 건 이제 사실상 불가능한 경험이다. 삶의 모든 것들이 그렇게 된 것처럼 집조차 레디 메이드 상태로 분양된다. 어떤 면에서는 야생의 기억을 잃어버린, 축산업 아래의 동물들과 다르지 않아졌다. 동굴을 파고, 지붕을 올리고, 기둥을 세우고, 그런 과정을 거쳐 희열을 발전시켜왔던 남자들의 기쁨을 누릴 수 없게 된 것이다. 하지만 쫄쎈이 완공되던 날, 집들이 손님 한 무리가 들이닥치는 와중에도 건물의 이곳 저곳을 손보던 그들에게서 나는 기억 속 아버지의 마음을 되살렸다. 벌이가 아닌, 삶을 위한 집을 짓는 수컷의 웅대함 같은 것을 느꼈다. 친구들이 지은 집, 또 다른 친구들을 만날 수 있는 집. 쫄쎈은 지난 1년 나에게 그런 공간이었다. 그 안에서, 혹은 그 주변에서 무리를 이루고 제주의 삶을 시작한 쫄패는 또한 의사議事 가족이었다. 그러니까, 나고 자랐기에 가족이 아닌 영화 〈가족의 탄생〉 같은 그런 가족 말이다. 음악평론가로서 나는 그런 형태의 집단을 밴드라 부른다. 가족도, 친구도, 회사 동료도 아닌 그 무엇. 그렇다. 나에게 쫄패는 밴드였다. 혈연과 이익으로만 재단할 수 없는 패거리. 목적과 갈등이 있지만 계약과 숙명 같은 건 없는 패거리.

쫄쎈 완공 후 1년, 그들과 이야기를 나누었다. 처음 쫄패를 만났을 때 함께 했던 이효준은 다시 서울에서의 삶을 이어가고 있다. 메가쑈킹의 동생인 고원헌은 서울과 제주를 오가며 살고 있다. 그래서 우리가 대담을 빙자한 수다를 떨던 날, 그들이 없었음을 양해 바란다.

 | **쫄깃쎈타가 1주년을 맞았잖아. 소감들이 어때?**

메가쑈킹(이하 메) | 쫄깃쎈타를 만들며 구상했던 모습은 이런 거였어. 다양한 사람들과 책도 보고 음악도 듣고 얘기도 많이 하고. 게다가 협재바다가에 있으니 여름이면 수많은 매혹녀들과 수영도 하고. 1년이 지난 지금 내가 머릿속에 생각했던 환상적 모습에는 미치지 못하지만 그래도 신기한 게 엔진을 걸어놓으니 잘 굴러왔잖아. 그게 신기해. 1년의 결과보다는 1년

동안 운영된 과정 자체가 재밌었지.

브루스(이하 브) | 쫄패, 손님들과 1년 동안 지내면서 안정이 됐다고 할까요. 서울 생활을 접고 오면서 기대와 우려가 같이 있었는데, 안정이 된 지금 생각해보면 결국 제주도를 잘 내려왔어요.

김 | 장가도 가게 됐고.(웃음)

메 | 두고 봐야지.(웃음)

박준석(이하 쥰) | 원래 계획대로였으면 완공 후에는 민기나 하마처럼 내 일을 하고 있었을 텐데 중간에 마음을 바꿔 쫄쎈을 같이 운영하게 됐어요. 다행이라고 생각해요. 만약 혼자 직장생활을 했다면 이렇게 여행하는 기분으로 1년 동안 살 수 있었을까? 아닐 것 같아요. 생활인이 되어 서울에서와 그다지 다르지 않게 살았을 거예요.

메 | 준석이가 서울에서처럼 살았다면 지금처럼 많은 여자들과 얘기를 나눌 수 있었을까?

준 | 구경이야 많이 하지. 그래서 다행이라 생각하고 쫄쌘이 잘되는 것도 다행이고. '오픈빨' 1년 갔다고 보고 앞으로의 1~2년이 더 중요하지 않겠나 싶죠. 쫄쌘 처음 지을 때의 취지처럼 게스트하우스로서 끝나지 않고 다른 재미있는 일들을 많이 할 수 있는 센터로 나아갈 수 있었으면 좋겠다는 생각도 하고 있어요.

이윤석(이하 윤) | 저는 옆에서 지켜보는 입장인데, 아직 과도기인 것 같아요. 차츰차츰 다듬어지는. 우리도 제주에 대한 환상이 있었는데 현실을 직시할 수 있는 다양한 일들을 겪으면서 변화하는 시기죠, 지금이. 그래도 제주에서 살겠다는 생각은 쫄패 전체가 흔들리지 않고 갖고 있어요.

메 | 각자 갖고 있던 환상이 뭔지 궁금해. 난 비키니 입은 매혹녀!!!

윤 | 그게 제일 큰 환상이야! 난 하나였어요. 탈스트레스. 풍경 좋고 여행해서 만난 사람들이 다 좋아서. 작년에 다른 곳에서 인터뷰를 할 때 쫄패들과 취향이나 생각, 마인드가 비슷해서 잘 맞는 것 같다고 했는데 그것도 판타지였지. 제주 환경과 자연은 아직까지 좋아요. 가끔 혼자 술을 먹는데 그때 바라보는 풍경들이 있어요. 밤에 한치배들이 떠 있을 때 닭발 사다가 혼자 술을 마신 적이 있는데 술에 취하기보다 풍경에 취하더라고요.

김 | **민기는 왜 다시 내려온 거야?**

오민기(이하 민) | 완공한 후 서울로 올라가서는 제주에서 뭘 해봐야겠다,라는 생각보다 서울 생활을 충실히 해야겠다고 생각했거든요. 그런데 막상 서울에서 일을 해보니 재미있지도 않고 제주에서 지낸 생활이 생각났어요. 형들하고 같이 지냈던 일들, 이야기들. 그래서 제

주에 다시 내려오고 싶었어요. 하마형이랑 집이나 건축처럼, 여기서 할 수 있는 것들에 대한 이야기를 하면서 결국 내려오게 됐죠. 쫄쎈이 1주년이 됐다고 해서 마음에 변화가 있는 건 아니고 앞으로도 형들하고 같이 계속 재미있게 잘 지내고 싶어요.

김 | **하마는 원래 정착할 생각은 아니지 않았어?**

윤영현(이하 하) | 내 심경은 항상 같았어요. 서울에 있을 때는 캐나다 다시 가고 싶은 마음뿐이었거든. 그런데 원헌이 통해 이곳에 내려와서 보니까 이런 곳이 다 있구나 싶더라고. 서울이랑은 너무 다르니까. 쫄쎈 공사 끝나고 다시 육지로 올라가야 하는 상황이었는데 고민하다가 큰 결정을 한 거지. 그 결정의 배경이 된 게 여기 식구나 다름없는 쫄패들이에요. 뭘 해도 걱정이 안 돼요. 사회에서 다 능력 있던 사람들이기 때문에 그 의견들을 모아 나아가고 싶어요. 난 했던 일이 건축이고, 다른 친구들도 각자 잘할 수 있는 게 있으니 그런 걸 토대로 우리 모두가 여기서 좀 더 편하게 살 수 있지 않을까? 나한테는 그게 편안하고 릴렉스한 삶이에요. 문화가 뭔지는 잘 모르지만 메가형이 하고 싶은 걸 구현할 수 있는 공간도 그렇고.

메 | 나도 솔직히 문화가 뭔지 몰라. 우리가 하루하루 생활하고 부딪히는 게 문화지.

민 | 집을 짓는다는 게 혼자 하기에는 너무 어렵고 힘든 일인데 쫄쎈 지을 때 다같이 뭔가를 하는 경험을 하고 나니까 '형들과 함께라면 같이 할 수 있겠다'는 생각이 들더라고요. 그래서 제주에서 더 많은 것을 해보고 싶어요. 예를 들면 놀이터 같은 공간. 음악이나 자전거, 커피, 사진 등 내가 좋아하는 일들을 다같이 할 수 있는 사람들과 즐길 수 있는 공간. 생

활할 수 있는 수익이 있었으면 하는 공간. 그런 공간이요. 반면 자꾸 제주 생활에 익숙해져 게으른 시간을 보내지 않았으면 해요.

메 | 민기가 뭘 못할까.

윤 | 연애?

하 | 그런 생각들을 구체화시키려면 일단 우리가 재밌는 게 중요한 것 같아. 그런데 쫄쎈이 너무 바빠!

윤 | 쫄쎈이 쉬는 날이 없으니까 계속 일을 해야 하잖아요. 공사할 때는 일 없으면 같이 놀러 다니고 그랬는데 지금은 그렇지 못하니까 그게 아쉬워.

메 | 나도 그래. 그래서 아예 한 달 정도 문을 닫을까 생각도 했다니까.

브 | 한 달은 기니까 일주일 정도?

민 | 숙소가 거의 다 됐으니 다같이 모여 살면 못했던 이야기할 수 있는 시간도 생기고 더 좋을 것 같아요.

메 | 만화가 모임에도 있었고 홍팸이라고, 제주 내려 오기 전 홍대에서 매일 술 마시고 노는 친구들과도 있었고 하다 보니 느끼는 게 있어. 어떤 모임이나 초창기에는 다 신나잖아.

초심도 있고. 그런데 어느 순간부터는 서로 소원해지기 시작해. 결혼하고 애 낳고 하다 보면 한 조직이 와해되지.

하 | 여기서 살 거 같으면 결혼해도 문제가 없을 것 같아. 누구나 안정적으로 살고 싶어서 내려온 게 아니기 때문에.

민 | 여유로운 생활을 하러 온 것보다는 재밌게 지내러 온 거잖아요.

브 | 나는 서울에 있을 때보다 더 바빠. 해녀학교도 다니고, 쫄쎈도 하고, 결혼해서 살 집도 짓고 있고.

김 | 남자들이 모여 살면 문제가 생기기 마련이잖아. 군대가 계급사회인 게 그런 문제를 막기 위한 것도 어느 정도 있을 테고. 솔직히 쫄패들에게도 그런 문제가 있지 않아?

메 | 모슬포에 숙소가 있었을 때 4달 정도 살았었지. 신기했던 게 한 번도 안 싸웠다는 거야. 나도 그 이유를 찾고 싶었는데 생각해보니 그때는 배에 올라타서 노를 젓고 있었다면, 지금은 크루즈를 타고 있는 것 같아. 향후 발전해나가는 데 있어서 좋은 현상일 수도 있지만

배에 노를 젓는 기분 좋은 뻐근함은 희석된 게 사실이지.

윤 | 모슬포에서는 이야기가 안 통할 수가 없었죠. 지금은 생활 영역이 확장되다 보니 커뮤니케이션이 예전과 같지는 않아요. 그러다 보니 오해도 있고 상처도 받았던 것 같아요.

메 | 모슬포에 있을 때보다 여기서가 오히려 더……(웃음)

준 | 그때는 자기 생활이나 생각은 접고 있었고 완공이라는 목표가 있었기 때문에 갈등의 여지가 생겨도 서로 양보하고 극복할 수 있었죠. 지금은 8명 중 반은 운영에 관여하고 반은 쫄패로서 쫄쎈을 이용하고 있는 상황이죠. 물리적인 거리도 떨어져 있고. 전에는 본인의 것을 죽였다면 지금은 본인의 것이 커지고 있다 보니 문제가 몇 번 있지 않았을까 해요. 쫄쎈 완공이 아니라 제주 생활로 목표가 바뀌어서 그렇겠죠.

김 | **가장 기억에 남는 손님은 누구야?**

메 | (주저 없이) 생머리에 빨간 비키니 입고 게스트하우스 안을 활보하고 다닌 게스트가 있었어. 꿈이 잠시 이뤄지는 기분이었지. 동네 어르신들이 뭐라고 하긴 했지만…….

브 | 한 명을 꼽긴 그렇고 단골손님들이 있어서 그들이 아무래도 기억에 남아요. 한 번 오면 계절마다 오시는 손님들이 있는데 따로 연락도 하고 그래요.

메 | 단골손님 고맙지. 그리고 우리 방명록 있잖아. 그거 게스트 분이 만들어주시는 거야. 핸드메이드 북을 취미로 만드는 분인데 뭔가 쫄쎈에 해주고 싶어서 자신이 잘하는 걸 해주시는 분이지. 이런 분들이 고마워. 답답한 사람이라면 아직도 게스트하우스를 펜션 개념으로 알고 있는 경우?

준 | 은진이가 제일 기억에 남아. 이제 열한 살이 된 꼬만데 엄마랑 같이 왔었거든. 은진이 한 명으로 쫄쎈 분위기가 너무 좋았어. 발레 배운다고 발레도 추고 원더걸스 춤춰봐, 하면 바로 추고……. 은진이가 쫄깃쎈타에 가족이 있는 분위기를 만들어줬어.

브 | 안 좋은 의미에서 기억에 남는 게스트도 있죠. 겨울에 난방이 잘 안 된다고 불평을 늘어놓고 환불을 바라더라고요. 계속 스태프 귀

찮게 하다가 체크인 시간에 들어가자마자 춥다고 하는 거예요. 청소 시간에는 추우니까 좀 기다리라고 했는데, 안되겠다고 가겠다고 하면서 환불을 요구했죠.

준 | 작정하고 온 사람들이었어. 딱 와보니 자기들이 원하는 숙소가 아니니 꼬투리를 계속 잡은 것 같아.

메 | 그럴 때 내가 거기 없던 게 다행이야. 나는 분명히 욱! 했을 거야.

브 | 또 있어요. 저녁 늦게 체크인해놓고 자기 침대 앞에 콘센트가 없다고 꼬투리를 잡는 거예요. 그걸 시작으로 샤워 끝낸 후에야 차를 빼고, 방안에 먹을 것 가지고 들어가고……. 말 그대로 모든 게 다 마음에 안 든 거겠죠. 그

런 경우는 누가 상대건 어쩔 수 없는 거죠.

준 | 게스트하우스가 여러 사람들이 공동으로 이용한다는 걸 인식하지 않고 오는 사람들이 보통 그래요. 우리 손님 중에 40%가 게스트하우스가 처음인 사람이거든요.

메 | 쫄쎈이 게스트하우스 체험장이라는 얘기도 들었어. 원래 생각한 궁극의 콘셉트는 무인 게스트하우스였거든. 쫄패들이 쫄쎈을 운영하면서 최대한 스트레스를 안 받았으면 했던지라……. 그만큼 지금보다 더 자유스럽게 됐으면 하는 바람이 있어. 우리가 원래 11시 소등이잖아. 지금은 어느 정도 쫄쎈 문화가 잡혔으니 이게 좀 더 견고하게 잡히면 11시 이후에 자유롭게 놀면서도 자제할 수 있는 분위기가 생겼으면 해.

김 | 재미없는 얘기하지 말고! 여기서 커플도 생기지 않았어?

메 | 처음 온 사람들끼리 키스하는 것도 봤다니까. 2층 계단 올라가는 데서. 엄마랑 같이 온 딸이랑 남자 손님이랑. 하악.

윤 | 게스트들과 여기서 탄생한 커플 얘기를

한 적이 있는데 어떤 여자 게스트가 그 친구를 아는 거예요. 알고 보니 둘이 소개팅한 사이였어요.

준 | 어떤 장기투숙 남자랑 여자 게스트랑 동갑이었는데 육지 가서 모임을 갖다가 눈 맞은 경우도 있죠.

브 | 내가 잘 어울리니까 사귀라고 한 게 계기가 됐다고 하더라고요. (웃음)

김 | 쫄쎈의 구조가 그렇잖아. 관리자는 다 남자들이고, 소비자는 주로 여자들이고. 그런 젠더적인 차이 때문에 힘든 부분도 있을 것 같아.

메 | 내가 볼 때 준석이는 소녀감성과 마초의 균형을 잘 맞추고 있는 것 같아.

준 | 직장생활은 남자들이랑 했는데 종교 생활을 열심히 했기 때문에 전혀 문제가 없어요.(웃음) 물론 일하면서 내 욕심을 못 채우는 부분도 있지만 내 나름대로는 손님들이 원하는 것을 잘 맞춰주면서 하고 있다고 생각해요.

브 | 준석이는 여자 분들한테는 정말 잘해.

준 | 남자한테도 잘해!

브 | 그래도 스트레스가 있는 것 같긴 하더라고요.

준 | 처음에는 여자 스태프들이 우리와 같은 쫄패라는 마음으로 가길 원했거든요. 같이 있다 보니 어쩔 수 없는 부분들이 있긴 해요. 아무래도 남자 8명이 공사를 목표로 생활했던 것과 운영하는 걸 도와주는 건 다르니까요. 처음에 여자 쫄패 왔을 때는 거의 쉴 시간 없이 온종일 일하다 보니 일을 점점 줄이기 시작했죠. 하지만 몸만 편하게 해준다고 그들이 원하는 걸 다 채워줄 수는 없는 것 같아요. 운영에 치어서 대화의 시간이 별로 없어요. 아침에 일어나서 일해야 하니 밤에 한 두 시간 마시는 게 전부니까.

하 | 한 달에 한 번씩 대화의 시간을 갖는 건 어때.

준 | 그것도 생각하면 웃기잖아.(웃음)

메 | 방법이 있어! 우리가 다 교회에 나가면 돼!

윤 | 왜 이래요…….

메 | 쫄깃쎈타가 게스트하우스로 성공적으로 운영되고 있잖아. 그게 더 불안해. 여기서 정체되어 있을까 봐. 처음에 생각했던 모습은 단순한 게스트하우스가 아니라 복합문화공간이었어. 홍대를 이리로 옮기자 그랬는데 성공적으로 너무 잘 운영이 되다 보니 그 생각들이 자꾸 묻히는 데서 오는 불안감이 있지.

준 | 지금 잘되고 있는 상황에서 다음 발걸음을 준비해놓지 않으면 더 좋은 게스트하우스가 나왔을 때 다 몰려가요.

브 | 나는 제주에서 죽을 때까지 살 거니까 계속 생각하고 있어요. 티셔츠, 책도 하나씩 하나씩 단계적으로 가고 있잖아요. 단, 홍대의 문화는 아닌 것 같아요. 그건 좀 허세인 것 같고. 제주도는 제주도답게 살면 되는 거지.

메 | 왜 홍대 문화를 입에 담았냐면 제주도가 너무 힘들게 사는 곳이었잖아. 외지 사람들은 흥청망청하지만 섬사람들은 놀고 즐기지 못하는 사람들이라는 거지. 이곳 사람들부터 신나게 즐길 수 있는 곳이 되었으면 해.

김 | 쫄쎈이 지어지고 지난 1년간 제주 붐이 불었잖아. 부동산도 많이 오르고. 하마가 아무래도 집짓는 일을 하다 보니 그런 문제점들을 많이 볼 것 같아.

하 | 많죠. '물타기'라고 있어요. 이걸 사서 더 받고 다른 데 파는 걸 반복하는 거죠. 서울에서나 하는 짓을 이민자들에게 써먹는 사람들이 생기더라고요. 인터넷 정보만으로는 한계가 있으니까 먼저 온 육지 사람들이 장난을

쳐요. 인테리어 좀 할 줄 아는 애가 건축한다
고 나서고. 제대로 된 정보를 얻어서 공사를
해야 하는데……. 젊은 사람들 회사 몇십 년
다녀서 번 돈 쫄딱 날리고 다시 여기서 회사
를 다니더라고요. 싫다고 두 달 만에 다시 올
라가는 사람도 봤고.

메 | 게스트하우스든 카페든 지어놓고는 운영
이 안 돼서 내놓는 매물들도 많아.

김 | 그 외에도 막상 제주에서 살아보니 안 좋
은 점들도 분명히 있겠지?

메 | 사람들한테 들어서 갖고 있던 선입견들이
있잖아. 텃세가 심하고 바람이 너무 세고 습도
가 장난 아니라는 거. 그런 건 오히려 신경을
안 썼어. 실제로 겪어보니 막강하지도 않고. 피
부가 건성이다 보니 오히려 다습한 날이 맞고
겨울바람도 원체 밖엘 안 나가니까 괜찮아. 텃
세는 제주도뿐만 아니라 어디든 다 있는 거고.

준 | 제주여서 불편한 것보다 협재가 시골이다
보니 겪는 불편이 있어요. 나는 시골생활을 잘
할 수 있을 거라 생각했는데 도시 습관이 남
아 있더라고요. 우리집이 월령리에 있는데 막

상 동네에서는 아는 사람이 앞집 할아버지밖
에 없어요. 그리고 병원이 없다는 것도 불편하
죠. 제주시까지 나가지 않으면 응급환자를 어
떻게 할 수 없으니까. 원래 내려와서 살다 보면
어떻게 되겠거니 했어요. 내가 가고 싶은 곳이
제주도였으니까, 거기도 사람 사는 곳인데 하
는 생각이 있었던 거죠. 그런 면에서 쫄쎈에서
쫄패로 살아서 다행인 점이 훨씬 많아요.

메 | 혼자 내려오라면 절대 안 내려왔어. 원래
난 패거리를 만들 생각이었어.

윤 | 가끔 서울 가거나 하면 예전과 비교하게
돼요. 내가 여기서 누리는 게 더 많다는 거죠.
제주에 고마운 게 많아요. 민기 같은 경우는

쫄센에서 만나서 여기 내려온 거고, 나는 제주가 있었기에 쫄패들과 만나게 된 거고. 제주는 살려고 마음을 먹는 게 중요해요. 욕심을 얼마나 덜어내느냐에 따라 어떻게든 살거든요. 제주도 사람들은 완전 부자는 없어도 거지도 없다고 하잖아요.

준 | 육지에서 내려온 사람들이 노숙자가 되긴 해. 내려와서 뭐 하다가 망해서 노숙자가 되는 경우죠. 그래도 의식주는 충분히 해결할 수 있어요. 바다 나가면 먹을 거 천지고 밭에서 채소 따 먹으면 된다고 그렇게들 말씀하시더라고요.

메 | 도시에 대한 미련이 얼마나 있느냐에 따라 한계도 커지고 느끼는 것도 커지는 거지.

준 | 제주 생활을 꿈꾸는 분들이 분명히 알아야 할 것이 있어요. 서울에서 스트레스가 100이었던 게 제주에 왔다고 제로가 되지는 않거든요. 60 정도가 되었다면 40이 줄어든 것에 대해 만족해야죠. 그런 사람들이 있어요. 서울에서 학원 하다가 내려왔는데 여기서도 학원을 하는 거예요. 왜 굳이 여기서까지 학원을 해서 스트레스를 받나 자문하다가 결국 귀농

을 준비하고 계시죠. 직장생활을 하려면 굳이 제주에 내려올 필요가 없어요.

윤 | 서울에서 만족스러운 부분은 일한 것에 대한 금전적 보상과 소비잖아. 난 일하느라 소비할 시간도 없었어. 서울에서는 차소리도 견딜 수가 없었는데 여기서는 걷는 게 제일 좋아.

준 | 서울 살 때는 그래서 동네길만 다녔는데, 여기 살다가 올라가니까 골목도 시끄럽게 느껴지더라고.

윤 | 길이 너무 재밌어. 주 단위로 풍경이 달라지거든. 모슬포에서 살 때 저녁마다 송악산까지 산보를 다녔는데 일주일 단위로 들꽃이 다르고 하늘이 다르고…….

민 | 제주의 색이 좋아요. 걷고 자전거 타고 하다 보면 만나는 색들이요. 지금은 바다색이 좋아서 물에 가고. 가을 겨울은 아직 못 겪어봤지만 다들 그때도 좋다고 하니.

윤 | 봄이 짱이지. 아기자기하게 예뻐. 모르는 꽃도 많고 조금만 관찰력을 갖고 보면 신기한 게 너무 많아.

준 | 어느 시골 아이랑 봄에 걸어봤는데, 제주도 민들레는 키가 서울보다 크대. 두 배 이상

크다더라고.

윤 | 오히려 코스모스는 바람 때문에 키가 작은데.

준 | 유채꽃 사진 봄에 어디서 찍느냐는 질문이 제일 바보 같더라. 조성된 유채꽃밭보다는 들판의 꽃이 더 이쁘거든.

메 | 난 이해해. 도시 어디서 유채꽃을 보겠어.

김 | **제주에 내려와서 살고 싶어 하는 사람들이 많잖아. 쫄패가 그 하나의 모델이 될 수 있을까?**

준 | 우리는 이민자 중에서도 특이 케이스죠. 다른 이민자들처럼 마을에 흡수되려 하지도 않고 독불장군처럼 살려 하지도 않고. 하지만 우리를 롤모델로 삼기에는 여러 제약이 있을 거예요. 8명이 집짓는 4개월 동안 분쟁 한 번 없이 잘 지냈고, 그 경험이 지금까지 이어지는 거잖아요. 우리 같은 케이스가 또 나오면 좋겠지만 그러기는 쉽지 않죠. 서로 모르던 사람끼리 사는 건데 못된 사람도 있을 거잖아요. 못된 사람이 착해지는 건 아니니까 쉽게 우리처럼 살 수 있을 거라 착각하면 안 되겠죠.

메 | 쫄패들 말고도 제주도에 도시에서 온 사람들이 모여서 다양한 패밀리를 이루고 살았으면 좋겠다는 생각은 있어. 홍대에서 친구들과 놀 때부터 제주도에서 이 친구들과 함께 한뜻으로 나갔으면 좋겠다 싶었거든. 물론 친환경 공동체, 이런 것에 대한 욕심이 없다면 거짓말이지. 농사를 짓거나 쓰레기를 줍거나 재생 에너지를 이용하거나……. 하지만 지금은 그보다 조화라는 키워드에 관심이 많아. 못된 사람, 착한 사람, 게임 좋아하는 사람, 텃밭 좋아하는 사람들이 다 모여서 조화를 이루며 살면 좋겠어. 한뜻만 향해 달려가는 공동체라면 종교단체가 될 수도 있잖아. 예를 들어 윤석이가 결혼해서 부인이 임신하면 우리가 애 받아주고, 그런 생활을 할 수 있다면 얼마나 좋아. 도시에서는 옆집에 누가 사는지도 모르잖아.

김 | **그런 거시적인 목표가 있다면, 조금은 미시적인 생각도 있어야겠네. 지금으로부터 또 1년이 지났을 때 쫄쎈은 어떤 모습일까.**

윤 | 제일 중요한 건 내가 행복한 거예요. 뭘

하든 첫째 기준이죠.

준 | 쫄쎈이 여길 찾는 손님들에게 '제주도의 우리집'이었으면 좋겠어요. 그런 공감대가 퍼져서 손님들한테 일일이 얘기 안 해도 11시 되면 알아서 불 끄고 술 마시고……. 쫄쎈을 다시 찾는 분들 중에서는 쫄패와의 관계가 형성되어 오시는 분들도 많거든요. 그런데 안타까운 게 여자 스태프 중 다시 오는 경우가 별로 없어요. 여자 패밀리가 안 되고 스태프로만 끝나는 거죠. 오래 살면서 안 좋은 기억을 가지고 끝나는 것 같아 마음이 아프죠.

윤 | 내 생각은 다른 게, 다 좋은 기억을 갖고 있어요. 일했을 당시에 불만은 어떻게든 생기죠. 사람이 하는 일이고 맺는 관곈데. 비록 내가 스태프들과 준석이형만큼 유대 관계를 갖고 있는 건 아니지만 스태프들도 지나고 나면 좋은 기억을 갖고 갈 거예요.

메 | 사람도 물 흐르는 거랑 똑같다는 생각이야. 나는 사람에 대한 욕심을 많이 없애려고 노력하는 편이거든. 그래서 쫄패들도 만약 다른 걸 도모하고 싶어서 떠나면 아쉽지 않을 거야. 자기 행복을 좇아가는 거니까. 물욕, 여러 가지 욕심이 있지만 사람 욕심이 제일 위험해. 사람 욕심의 극한에 이른 게 종교단체잖아. 그리고 차차 시스템이 보완되고 있잖아. 난 그것도 재미있어. 나의 모토가 뭐냐 하면 꿈이나 계획을 가지고 사는 게 아니라 매일매일 재밌게 사는 거야. 이혼을 겪고 방황하던 때, 매일 홍팸끼리 모여서 술 먹고 그랬잖아. 새로운 친구들을 많이 알아가면서도 거창한 계획 같은 걸 하고 싶지는 않았어. 무책임하게 들릴 수도 있지만 나는 쫄쎈을 지으면서도 이게 못 지어지든, 망하든 상관없었어. 내 돈을 투자하고, 모르는 친구들이 모여서 쫄패를 이루고, 그렇게 하루하루 재밌게 살아가는 과정이 중요했거든. 물론 이런 말을 하면 브루스랑

원헌이는 뭔 소리냐고 하지만 그 말은 곧 앞으로도 마찬가지라는 거지. 어느 날 포구에서 술 먹다가 문득 재즈 음악회나 하면 좋겠다 싶으면 또 그거에 맞게 가는 거고. 하나 말해두고 싶은 건, 누구에게 원대한 꿈이 있다면 다른 사람에게 희생을 요구하는 것일 수도 있는 거야. 천천히 함께 놀면서 사는 것, 그 과정을 즐기고 싶어.

✚ 쫄패들이 말하는 쫄쎈 여행 팁

맛집

메 | 가장 제주스럽다고 할 수 있는 음식이 바로 옥돔식당 보말칼국수야. 보말이라는 게 비싼 음식이 아니라 제주 사람들이 살아오면서, 배고파서 캐먹었던 음식이거든. 쌀이 없으니 밀가루로 국수를 끓여 먹은 거고. 옛날 제주 사람들은 흑돼지도 비싸서 많이 못 먹었을 거야. 그런 면에서 보말 칼국수가 왠지 애정이 가면서 실제로 먹어도 맛있어.

준 | 바다체험 마을. 우럭조림을 하는 데가 처음이었어요. 갈치조림, 오분자기는 제주 어디에서나 먹을 수 있지만 우럭조림은 이 동네에서만 먹을 수 있어요. 게다가 스키다시로 회도 일인당 두세 점씩 나오고, 겨울 되면 굴찜도 주고요. 굴도 맛있어서 하마는 만 원인가 이만 원 주고 더 시켜 먹었다데요. 추천해요!

윤 | 한림에 있는 비타민 국수가 최고예요. 현지인 입장에서는 아껴두고 책에 싣고 싶지 않을 정도죠. 보편적인 고기국수를 비롯해서 멸치국수 등 국수 종류와 수육을 하는데 모든 음식이 맛있어요. 관광객이 아니라 동네 사람들이 많이 가는 작은 식당이라는 것도 맘에 들고 제일 중요한 건 심야식당이라는 거죠. 우리가 일을 마치고 허기를 채우며 술 한잔 할 수 있는 게 최고 장점이에요.

준 | 아줌마가 맛에 대한 자부심이 있어. 저번에는 고춧가루가 잘못 들어왔다고 비빔국수를 안 하는 거야. 대단하지.

메 | 이 동네에서 치자면 만민식당이라고 해물전골하는 집이 있는데, 거기 갑은 해물전골이 아니라 해물뚝배기더라구. 소주강도야.

윤 | 풍년순대국밥도 괜찮지.

하 | 이 동네가 아니라 서귀포긴 하지만 '기억 나는 집' 해물탕을 빼놓을 수 없죠. 아, 거기

처음 갔을 때 쟁반 가득 둘러싸인 전복의 충격이란……

메 | 기억나는 집이라……. 소주를 많이 먹게 돼서 결국 기억이 안 나는 집이지. (웃음)

민 | 월령이 좋아요.

메 | 쓸쓸해 거긴.

준 | 거긴 오지의 느낌이지. 파도도 굉장히 심하게 치고.

윤 | 월령은 〈노킹 온 헤븐스 도어〉의 마지막 신에 나오는 바다 같아요.

민 | 거기서 비키니 걸친 여자 두 명이 해수욕하던데.

준 | 월령리 지나 일주도로로 가면 해거름 전망대라고 무인카페 있는데 연인들이 가기 좋아요. 여는 날에 가면 아무도 없고, 프라이버시가 완전히 지켜지죠. 제주의 딱 서쪽이에요.

민 | 대평리에서 중문 넘어가는 바닷길. 올레길인데 거기가 괜찮아요. 논짓물(올레 8코스)이라고 있어요. 용천수가 나와서 바다와 만나는 곳이에요.

윤 | 뭐니 뭐니 해도 금오름이지 쫄쎈에서 가까운 곳인데 온전하게 분화구를 볼 수 있는 곳이에요. 단점이 있다면 주변이 다 축사라서 냄새가 심하다는 거? 저지오름은 사실 다 숲이라 좀 실망스러웠고.

준 | 거문오름이 오름계의 존 레넌이라고 하던데 백록담보다 크다는 분화구가 다 숲이라 좀 실망스러웠어요.

하 | 아부오름도 좋아. 용눈이 오름이 좋다고들 하는데 난 거기가 더 좋아. 한 번인가 가봤는데. 해질녘에 오르기가 쉽고 분화구가 되게 커. 가파르지 않아서 분화구로 내려갈 수도 있고 분화구 가운데에 나무가 많이 서 있는 모습도 신기해.

메 | 이재수의 난 촬영 장소 아닌가?

윤 | 어, 맞아 거기. 난 7-1 코스 가다가 하논 분화구가 신기했어. 낮고 넓어. 용천수가 나와서 벼농사를 하고 있어. 전체가 다 그래서 신기했지.

준 | 제주도에서 벼농사 할 수 있는 몇 안 되는 곳이구나. 물을 가두지 않아도 나오니까 그렇겠지.

메 | 뭐니뭐니 해도 난 협재 옥빛 바다가 너무
좋아.
윤 | 여름의 생지옥! 봄 지나서 여름쯤 지나다
협재에서 보는 일몰이 최고야. 비양도가 버텨
주고 있으니 바다만 있는 여느 곳과는 달리
아무리 봐도 안 질려.